教育部人文社科青年基金项目"汉语创意写作理论研究"
(18YJC751025)阶段性成果
西北大学学术著作出版基金资助出版
上海大学创意写作丛书(第二辑)
许道军　主编

# 创意写作的创意理论研究

雷勇　著

上海大学出版社
·上海·

**图书在版编目(CIP)数据**

创意写作的创意理论研究/雷勇著. —上海：上海大学出版社,2021.4（2021.11 重印）
 ISBN 978-7-5671-3189-7

Ⅰ.①创… Ⅱ.①雷… Ⅲ.①文学创作研究 Ⅳ.①I04

中国版本图书馆 CIP 数据核字(2021)第 051757 号

编辑/策划　徐雁华　江振新
封面设计　缪炎栩
技术编辑　金　鑫　钱宇坤

本书由上大社·锦珂优秀图书出版基金资助出版

创意写作的创意理论研究
雷　勇　著
上海大学出版社出版发行
（上海市上大路 99 号　邮政编码 200444）
(http://www.shupress.cn　发行热线 021-66135112)
出版人　戴骏豪

\*

南京展望文化发展有限公司排版
上海普顺印刷包装有限公司印刷　各地新华书店经销
开本 890mm×1240mm　1/32　印张 7.25　字数 162 千
2021 年 4 月第 1 版　2021 年 11 月第 2 次印刷
ISBN 978-7-5671-3189-7/I·624　定价　45.00 元

版权所有　侵权必究
如发现本书有印装质量问题请与印刷厂质量科联系
联系电话: 021-33871759

# 总序(一)

葛红兵

创意写作学科在中国经历了10多年的发展,从对英美创意写作学科的译介和引进,到面向中国的历史和现实寻找理论与实践资源进行内生性建设及发展;从与创意写作产业结合逐步打开产业视野,到进一步与公共文化服务结合融入原创性社区文化建设,创意写作在中国走过了从无到有,从引进到创新,从教育到与产业、事业联结等过程。正如笔者在世界华文创意写作大会(2015年,上海)创生时将大会性质定义为"国际华文创意产业界文创人员、职业作家、写作教育者的行业大会"[1],将大会的目标定义为"促进华文创意写作人才的培养,促进华文创意写作作品的培育,促进华文创意写作事业国际影响力的提升,促进华文创意写作人才、作品与创意产业、公共文化服务的联结……推进华文创意写作学科研究及教育教学发展"[2],创意写作在中国诞生之初,就被视作"以创意思维养成为目标,以写作为呈现手段,面向创意产业,培养创意产业原创从业人

---

[1] 世界华文创意写作协会.世界华文创意写作大会宣言(2015)[EB/OL].(2015-06-23)[2019-07-06]. http://blog.sina.com.cn/s/blog_473d280c0102vipc.html.
[2] 世界华文创意写作协会.世界华文创意写作大会宣言(2015)[EB/OL].(2015-06-23)[2019-07-06]. http://blog.sina.com.cn/s/blog_473d280c0102vipc.html.

才及创意事业服务人才的学科"①。从这个角度讲,创意写作学科在中国诞生之初,就拥有比它在欧美肇始更自觉的实践学科定位和社会角色意识,然而,这并不意味着创意写作学科在发展过程中没有经历过波折,未来不会遇到问题,事实可能恰恰相反。

## 一、创意写作学科中国化发展及问题

创意写作在中国由少数几个高校孤立的试点实验发展到如今近两百所高校的联盟共创,由当初的孤绝而至如今的热闹,其热闹的外观下,实际隐藏着可能更加让人担忧的东西:创意写作正从当初对于传统中文教育来说的革命性反对者,变成了这个立场的另一方向的合谋者。当初,创意写作反对的是中文学科内部文艺理论话语产生话语的"学术机制"、文学史学拘泥于历史而对现实发声无力的"泥古机制";反对的是这种机制的不及物,它与实践脱节,与学生的能力需求脱节。同时,创意写作在中国诞生之初,它就在反对传统中文学科内的某种话语等级结构,在那种传统的中文话语结构中,历史话语高于现实话语,理论话语高于实践话语,古代文学史课程时长是当代文学史课程的 8 倍,文艺理论课程时长是创作实践类课程的 4 倍,有一段时期某些高校的中文学科甚至全部取消了创作类实践课程。布尔迪厄曾经指出:"教育社会学是知识社会学和权力社会学的一个篇章,而不是一个微不足道的部分⋯⋯实际上,它引导我们理解旨在再生产社会结构和心智结

---

① 世界华文创意写作协会.世界华文创意写作大会宣言(2015)[EB/OL].(2015-06-23)[2019-07-06]. http://blog.sina.com.cn/s/blog_473d280c0102vipc.html.

构的机制。由于这些机制在起源和结构上与上述客观结构相关,从而有助于对这些机制真相的误识,并因而有助于认可其合法性。"①传统中文教育体系曾经将学术区隔转化为学术话语等级和教授之间的社会地位区隔,反过来这种对于教授社会地位的区隔的合法化(写作教师当年在传统中文教学体系中是完全没有地位的,处于这个中文学科话语体系的底层,其地位当然也处于底层,写作学甚至没有核心期刊,不设教授职位),"通过在学术中立性掩盖下所强加的认知分类"②,传统中文教育系统再生产了现存的中文学科的社会关系,不断地自我强化着而不是消除了这种学科资源的不平等现状。

创意写作诞生之初,为了打破这种不平等关系,着意建构了另一种关系体系,一种更多地依赖文创产业的外部力量将自己特别定位于"实践领域"的学科。为了强调自己不是传统中文学科体系中的"一员",它甚至不承认自己是另一种中文学科,不愿意自己被那种学科传统收编而"理论化""系统化",拒绝创意写作的元理论研究。为了保持自己属于颠覆者的革命性"他者身份",创意写作重新定位了自己的师生关系,它甚至认为在课堂上,教师是没有地位的,他只是经验稍稍丰富一点的创写活动的组织者,它把自己的课程形式定位于新型的"工作坊"。在工作坊中,要求教师带项目来和学生一起工作,教师可以帮助学生,但不允许高高在上地"指导"学生;在课堂中,不允许教师单纯讲授知识;而要求教师亲身参

---

① 布尔迪厄.国家精英:名牌大学与群体精神[M].杨亚平,译.北京:商务印书馆,2004:8.
② 朱国华.文化再生产与社会再生产:图绘布迪厄教育社会学[J].华东师范大学学报(哲学社会科学版),2015(5):181.

与,把课堂变成师生的共同创作实践。在这种认识的引导之下,创意写作强调作家教学,大量引进作家型教师,把创意写作变成了师徒相授的经验传承。以上这些在世界华文创意写作协会主办的世界华文创意写作大会第一届年会上,形成了某种共识,且以宣言的形式发布,宣言讲道:"随着中国文化创意产业的发展、中国公共文化事业的发展,创意写作已经成为文化创意产业、事业的基础性力量。"[1]尽管第一届世界华文创意写作大会,倡导"在高校建立创意写作学科""改革中国高校中文教育教学培养机制,创建中国化创意写作学科,为培养具有现代意识的专业创作人才和具有原创写作能力的创意产业核心从业人才做出更多的工作";但很明显,大会认为这个"学科"是实践性的,它培养的学生也不同于以往,不是文学史家、文学批评家、语文教育工作者,而是创意产业基础从业人员,"要求创意写作学科加强创意写作与文化产业、事业的联结,推广创意写作的社会化"[2]。由此,我们看到,中国的创意写作学科建设者,实际上是把该学科当作"实践领域"来认识的。

这种思路,也延续到第二届大会。在第二届大会的会议总结中,我们的总结者这样说道:"未来要在华文作家的作品报告、会员成果发布、创作出版对接等方面加强工作,同时尽可能多地促进华人青年创意写作人才培训工作,让华文创作者有机会接触国际创意写作大师,跟大师一起参加工坊创作,让大会成为原创文稿创作经验交流及名家名作成果发布、创意的产业化转换对接、创意培训

---

[1] 世界华文创意写作协会.世界华文创意写作大会宣言(2015)[EB/OL].(2015-06-23)[2019-07-06]. http://blog.sina.com.cn/s/blog_473d280c0102vipc.html.
[2] 世界华文创意写作协会.世界华文创意写作大会宣言(2015)[EB/OL].(2015-06-23)[2019-07-06]. http://blog.sina.com.cn/s/blog_473d280c0102vipc.html.

的多层次共生平台。"①在第二届大会上,与会者呼吁社会应更多地关注创意写作事业;政府和企业应更多地重视文化原创力的培育与提升,吸引、组织文创人才考察经济发展及投资环境,为地方发展建言献策,吸引世界级华文创意大师、专业写作人才利用地方传说、风物进行创作,提高文稿创作水平和影响力,促进地方性题材、作品创作项目立项,等等。也是在那届大会上,创意写作学科界请来了作家、企业家等,还邀请了阅文集团加盟,这让创意写作和生产联结。那年,除了高端研讨活动之外,我们还在上海市文化发展基金会的扶持下,组织了华文创意写作周活动,请来了作家、企业家,组织了作品发布会、研讨会,试图"打造中国创意写作界自组织平台,开发世界性华文创意写作文化品牌活动,促进世界华文文化创意产业原创力提升,原创作品的创作和原创人才的培养"②。今天看来,第二届大会提出期待社会认可创意写作,期待创意写作走出校园,走出课堂,与广阔的社会生活结合的设想与呼吁,依然是有其现实价值的。即使是在今天,虽然创意写作学科被教育界认可已经是不争的事实,但是,教育部依然没有承认创意写作的独立学科地位,创意写作教师面临学科地位不被承认,申请课题没有学科口径,发表论文没有核心期刊阵地等问题依然存在。创意写作若要得到社会的广泛认可,创意写作界需要做的工作还有很多。创意写作也的确需要走出校园和课堂,去证明自己的产业前景和在公共文化服务事业上的力量,证明自己在创新中国战略中不可

---

① 世界华文创意写作协会. 世界华文创意写作大会宣言(2015)[EB/OL]. (2015-06-23)[2019-07-06]. http://blog.sina.com.cn/s/blog_473d280c0102vipc.html.
② 世界华文创意写作协会. 世界华文创意写作大会宣言(2015)[EB/OL]. (2015-06-23)[2019-07-06]. http://blog.sina.com.cn/s/blog_473d280c0102vipc.html.

忽略的地位和价值;的确,中国正由生产型大国、服务型大国向创新型大国和创新驱动型大国转型,在这个过程中,中国需要全新的创新战略,不仅仅是要把科技创新看作生产力发展的核心要素,也同时要把文化的创意创新当作生产力发展的核心要素;在这个过程中,创意写作作为其核心底层支撑性学科应该受到更多的重视和认可。

但是,要求创意写作学科直接走向社会,和社会联结,直接成为某个"实践领域",直接培育作品、推动作品出版和改编,直接组织作家和企业对接,组织面向产业和事业的创作及创作服务活动,用这个来证明自己的地位和价值,其实是走岔了路。

现在,回首四年前的呼吁,我们发现那时呼吁创意写作学科要走出校门和时代生活结合,和创意产业结合,提高传统中文学科的实践性,在培养学生基础素养的同时培养学生的从业技能,这些都是适逢其时而又具有前瞻性的。这些年来,中国高校创意写作学科的创生已经成了不可否认的事实,中国创意写作学科已经由部分高校的实验性探索发展成了全面开花的高校中文教育改革行动。但是,创意写作学科对自身的学科定位认识应该说是有一个过程的,其理论探索也是逐步发展起来的,到第三届世界华文创意写作大会时,大会的组织者就提出了"建设中国创意写作教育教学体系,建构中国化创意写作学科高地"的大会主题。大会与中国高等教育出版社合作,把建构中国创意写作教育教学高地当作主题,讨论了创意写作教育教学方法的研究和推广问题。在这届大会中,创意写作学科界惊喜地迎来了很多中学老师、小学老师,迎来了近两百所高校代表,创意写作已经不仅仅是部分高校的实验,而是拥有数百学校共同参与的一项重大行动;创意写作不仅仅是高校的探索行为,同时也是在逐步向中学和小学渗透的全民教育行为;它把创意放在第一位,把写作看作创意实现的基本主张,它把人人可以写作、写作可以教授的主张带向了更加广阔的层次,正把创意教育推向更加广泛的教育领域。值得注意的是,第三届大会对创意写作学科超速扩张提出担忧,大会总结性发言中,总结者说道:"我们的基本理论研究、基本实践实验,我们对创意写作能力评估、潜能激发,创意写作中的分体写作方法,创意写作与产业及文化公共事业的关系的研究,等等,还刚刚起步,尤其是创意写作教育教学方法论的建构,我们还没有脱离向海外学习的阶段,甚至,我们向海外的学习还不够,我们的中国化研究更不够,这个时候,创写学科的超速发展就让人担忧了。"

我们可以看到第三届大会的主题反而定得比较小,专心研究创意写作教材和教法,大会在主题发言阶段、圆桌会议阶段都展开了激烈讨论,还专门开设了创意写作示范课及示范课讨论,专门讨论教学法。笔者甚至认为,第三届大会是一届中国创意写作教育教学法的大会,它标志着中国创意写作学科摆脱了在教育界由寻求创生和对创生的认可的路线,走向学科自觉甚至反省。

## 二、学科合法性及基础理论难题

创意写作学科自在美国诞生以来,一直是在质疑中发展的,很多内部理论问题,一直没有得到很好的厘清,没有产生完整的系统的学科共识。在中国,创意写作学科也面临着类似困境,因为在中国,创意写作学科是在跟文学非产业派、创意产业非产业派、创意写作学科非学科派的斗争中成长起来的,其特殊的成长史,使得中国的创意写作学科在诞生之初处理这些问题时表现出了偏于一边倒的情况,而产生了其特殊的困难。但是,创意写作学科,其实是不可能回避这些问题的,它必须直面自己的内部理论困境:① 如何理解学科的理论属性和实践属性及其矛盾关系,这事关学科的基本定位;② 学科培养人才的目标的内在矛盾:教导创作共性和创作需要个性之间的矛盾,这事关学科存在的价值;③ 学科奠基于创意思维(创造性思维、批判性思维)还是奠基于写作技能的矛盾,这事关学科存在的基本途径;④ 学科精神的矛盾,面向产业的市场精神和面向创作者个人的精英精神的矛盾,这事关学科存在的价值观选择。

创意写作学科的对象是什么?它的逻辑起点、中介、终点在哪里?它的学科本质论、认识论、方法论如何展开?这些都需要我们研究创意写作学科基本原理、创意写作学科发展史、创意写作学科中国化方法、国外创意写作学科研究、创意写作教育等。

也有学者认为,写作学既已存在,又何必单独设立一门创意写作学?创意写作学不能以原型的独立形态被纳入中文学科体系,历史地看写作学在部分高校的学科目录中的确是存在过的,它可以涵盖创意写作学。然而,创意写作学作为严整而完备的科学体系和学科体系,有其自身的内在逻辑结构,是整体化的、内部各方面有机联系的、揭示创意产业背景下写作及写作活动的本质的体系,这是传统的在非创意产业背景下产生的"写作学"所做不到的,更是无法包容的,两者对写作本质的理解是不一样的。创意写作学把写作的本质理解成是产业、事业及思维;而写作学把写作的本质理解成是个人性的语文和修辞技能,设立创意写作学学科是有创意产业作为客观依据及现实基础的。涉及传统写作学和创意写作学的学科地位之争,笔者甚至认为,结论应该是相反的,应该是创意写作学包含传统写作学,而不是传统写作学包含创意写作学,我们不应该囿于传统和现状,相反应该立足现实,放眼未来。当然,不管如何,设立创意写作学一定会使现有汉语言文学学科建设面临新的困境与挑战。创意写作学既是创意产业(或者更窄一点——文学产业)重要指导思想的来源及规律的揭示者,又是二级学科(狭义的创意写作学),它涉及重要的产业实践领域,其研究和传播必须符合国家产业政策,视野必须拥有创意国家的口径[①]。广义的创意写作,往往与广告、影视、文学创作、文学的社区化服务等混为一谈,广义的创意写作研究的视野、内容过于宏大,而且重大理论创新和突破,往往由政府政策来决定(例如文学产业中数字出版的许可政策等),学界似乎应该退而求其次,追求创意写作的狭义理解,建构狭义的创意写作学。

"创意写作"一词,通常有几方面的含义:首先是指个人创作实践;其次是指国家层面的产业实践,即为实现个人和团体创意创作成果而进行的产业活动及其成果;再次是指社会层面的公共服务实践;最后是指思想,即指导这些实践、为建立和发展新型创意(写作)产业、创意(写作)事业做论证的思想理论。它是个人的,也是社会的;是产业,也是事业;是个人的精神高标,也是世俗社会的消费娱乐。笔者主张,"创意写作",主要就是指思想理论体系;"科学创意写作学"的产生,是相对于"传统写作学"而言的,它奠基于创意产业尤其是文学创意产业之上,成为科学,就是要求人们去研究

---

[①] 葛红兵,高翔."创意国家"背景下的中国当代文学转型:文学的"创意化"转型及其当代使命[J].当代文坛,2019(1):105.

它;它的概念的内涵与外延不能泛化,而是要狭义化,要奠基于其本源性的研究范围——个人性写作与社会化创作实践,建构结构化的理论体系。

从 2008 年开始,十余年来,创意写作学从无到有,近年越来越成为一门显学,有其独立的研究对象、学科定位、基本范畴和理论体系,而且从第三届世界华文创意写作大会开始,中国创意写作学界就提出了"中国化"问题。实际上,中国创意写作学理论体系是国际创意写作学基本原理同中国文学创意写作实际和时代特征相结合的产物,是以人类写作活动的世界性历史经验和规律作为研究范围,总结其历史规律,从而揭示发展趋势,能对创意写作实践构成指导意义的总括理论,也是与中国现实结合而产生的理论。它的各种理论难题和悖论都要在这个基调上加以解决。

(1) 我们认为狭义的创意写作学应该是理论形态的,它的理论性毋庸置疑,尽管它是实践性非常强的学科,但是,这并不能掩盖其理论性,甚至,对于当前的社会需要来说,其理论的自觉定位相较于实践探索,还显得更为重要。

(2) 创意写作学要研究学科共性规律,要把科学性放在首位。任何创造都是个性化的,但是,产生创造的过程和必然产生创造的机制却是共性化的,不能因为创造需要个性化而掩盖学科研究共性规律的本质。创意写作学不是要把每一个人的创作当作个案来研究,研究其个性化特征,相反是要把个人性的创作当作普遍规律的抽样样板来研究;它不反对个性,相反锻造个性,但是,它强调创造个性的过程和规律是有共性基础的。

(3) 它奠基于人类创意思维的共性研究,但是,也绝不把这种研究神秘化,它坚信创意思维的科学规律是可循的,而这种规律的发现对打造创意技巧是有直接指导意义的,对相应的创意实践(creative practice)也有帮助作用。

（4）它应该坚决反对矮化产业,片面强调个人文学创作和写作创意的精神性的看法。产业化并非必然地让文学创意创作变得没有精神,相反有精神的文学创作也并非必然地不能产业化,它也同时强调,要把文学创意创作放进国家创意机制系统和公共文化服务体系中去研究,片面的个人的精神性的高蹈是反学科的,只有有背景限定的共性研究才具有学科意义。

创意写作不是经验之学,创意写作学也不可能作为纯粹的经验之学而存在。创意写作学是科学,创意写作学要加强"人人可以写作,但写作能力需要培养"等基础原理的研究,建构自己逻辑自洽的理论话语体系,加强国别经验研究的同时将之历史化,完成学科史话语建构,强化中国问题意识,建设中国学派,同时要特别重视教育教学研究。如此,才能在历史发展中汲取养料,在不断发展的中国现实中提取实践经验,在不断的理论探索中解决自己的理论悖论,走出理论困境,找到自己的学科合法性和健康发展之路。

## 三、创意写作学建构：创作之道与应用之道

工作坊制教学在创意写作领域方兴未艾,世界华文创意写作大会第三、第四届大会都有专门的主题讨论和教育教学实验活动专场,两届会议都开设了创意写作工作坊教学讨论单元。很多高校都要求教师把真实项目带进课堂,甚至要求学生直接在网络文学创作平台上完成作业,这种课堂训练,对于学生寻求创意写作技能的运用之道,把学习创作之道和运用之道直接结合,让课堂和产

业直接接轨具有实际意义。它不仅明确在课堂上除了教给学生基础素养,还直接培养职业技能,这对传统汉语言文学教育教学来说,是有革命性意义的。但是,这样的课堂,对于创意写作学科来说,到底是高标还是低标呢?如果把创意写作看作一个实践领域,而不是一个学科,这样的教育教学策略应该是高标;但是,创意写作不是经验之学,创意写作学也不是职业培训学,创作之道和运用之道,并不能完全画上等号,在应用之道之外,创意写作学要做的还有很多。

创意写作是为文化创意创新实践提供基础支撑的领域之一,创意写作学则是一门综合性的人文社会理论学科,创意写作学以创意写作为研究领域,但是,这不等于说,创意写作学就天然地拥有了自己的研究"对象"。如何规定创意写作学的研究对象呢?笔者主张,创意写作学,其学科的研究对象应当是——当前生产力和文化发展条件下人类以语言为媒介的原创力的养成及实现规律,特别是要深入研究中国特色文化创意产业及事业制度下创意写作的活动及发展规律。笔者之所以主张创意写作学科的研究对象是当前生产力和文化发展条件下人类以语言为媒介的原创力的养成及实现规律,是因为当前这既是创意写作学研究的逻辑起点,也是其逻辑终点,只有这样的对象才能成为一个学科的"对象"。

为什么这么说呢?其实,一切人文社会科学的根本目标都是人的解放,说到底都是以人为本,克服人的异化,都是为了达到人的自由而全面发展的理想境界;但是,各个学科自身又有自己独特的对象,这个对象规范了学科的存在,规范了该学科的基本范畴、基本原则、重要原理,并且因之而能建构符合历史与逻辑高度统一的学科体系。对于一个学科来说,其逻辑起点应该是"构成研究对象最直接和最基本的单位",其内涵贯穿于理论发展的全过程,其范畴有助于形成完整的学科理论体系。笔者主张,把"人类以语言为媒介的原创力的养成及实现"作为创意写作学学科的逻辑起点,是因为其中蕴含了以"文明对人的原创力的压抑"为切入点的研究,可以分析人的原创力的本质与特性、人的可能原创力及现实原创力;在"人的解放"和"人的发展"的视阈中研究当代文化,尤其是教育文化、产业文化的矛盾,研究人的原创力解放问题,研究人的可能原创力向现实原创力转化的可能途径与方法,论证"人人能创造""人人能写作"的人的原创力图景;在全面建设中国特色创意写作教育及创意产业实践进程中,最终实现"人的原创力自由而全面发展"的目标。

创意写作学科拥有自己的本质论观念及其体系,由此,在学科方法上,片面地反对演绎法,反对学科原理原则推导法等都是不对的。学科对人的创造性"本质"的认定,对"人人能创造""人人能写作""写作可以教"等原则的认定,对学科通过下定义来分析创意、写作、创意写作等的内涵和外延,丰富和明确自己的基本范畴系统,研究创意写作原创力的各个方面,进而讨论原创力养成和实现的各种途径,指明"人类以语言为媒介的原创力的养成及实现"的可能性,等等,是具有奠基意义的;进行系统的理论演绎,让其本质论开花结果,形成学科理论体系,也是学科建设的应有之意。在学科方法论上,创意写作学不应该变成心理学、教育学及其附庸,也不应该在这里变成传统的以修辞为核心的写作学、行为管理学及其附庸。尽管它不反对借鉴其他学科的理论和方法,创意写作学的学科方法,当然应该包含由下往上的归纳法;但是,由上述分析可见,它绝对不应该仅仅把自己局限于经验归纳,更不应该仅仅局限于人类传统的所谓"写作"经验的归纳,而应该自觉地把自己上升到"人的原创力实现"这个理论的高度。同样的,创意写作学科也应该拥有自己的认识论体系,笔者已经注意到近年部分博士论文在创意写作学认识论上已经有所突破,引入了"灵性"等概念,这就突破了机械反映论的局限,突破了传统的关于"灵感"的模糊而又神秘主义的见解,我们不应该因其具有一定的"心灵主义"倾向而否定它,相反应该肯定它的探索①。

遗憾的是,尽管创意写作学在西方已经诞生一个世纪,但是,由于一直存在着对学科性质的认识偏差,世界范围内目前创意写作学的状况是有自己的学科史,而没有自己公认的权威的学科理论体系,也许这正是世界创意写作学发展留给中国学者的任务。

上海大学创意写作丛书第一辑由我主编完成,第二辑由许道军先生主持邀约新一代研究者分头完成,相较于第一辑的筚路蓝缕,第二辑显然已经展示了创意写作学中国化建设的大概样貌,是非常重要的成果。丛书展示了近年中国创意写作学界在创意写作理论研究、创意写作史研究、创意写作教育教学研究、创意写作能力激发研究等领域的进展和抱负,尽管这些研究还有粗浅的成分,还有不成熟的成分,但是,我认为作为青年学者的尝试,它们都是值得肯定的,希望丛书的出版,能将创意写作学的中国化建设引向深处。

2019 年 2 月 18 日

---

① 雷勇.创意写作学的创意理论及方法研究[D].上海:上海大学,2017.

# 总序(二)

许道军

创意写作是什么,它是一门怎样的学科,写作是否可以学习,作家可以培养吗?从未有这样的一个学科像创意写作这样,从创立到现在,一百多年来仍争议不断。更令人沮丧的是,它明明在实践中证明有效,在现实中广受欢迎,在世界范围内大行其道,但就是"麻烦缠身",而且,这些"麻烦",是如此低级。如《纽约时报》(2012)描述的那样,这样的大争论,在美国每隔二十年就要重来一次。

这是什么原因呢?这是因为,创意写作是一个特殊的学科,重实践轻理论,正如黛安娜·唐纳利(Dianne Donnelly)描述的那样:"创意写作一直是这样的一个领域,它避开了学识问题。"[①]一方面,它一直作为事实上的学科存在,但又在学科理论、学术研究等方面准备不足,相对于其他学科,这方面的工作与成果非常少,长期以来作为学科和学术的异常而存在。创意写作已经有了相当长的历史,但是,"创意写作是什么""创意写作为什么可以教""创意写作为什么可以学"等问题,却一直没有得到根本解决,正如格雷戈

---

[①] DONNELLY D. *Establishing Creative Writing Studies as an Academic Discipline: New Writing Viewpoint* 7[M]. Bristol, UK;Tonawanda, NY:Multilingual Matters,2011:1.

里·莱特(Gregory Light)所说:"虽然创意写作作为正式的学科在英国和美国高等教育体系中存在已久,但其自身的学科视阈却仍未完全设定。"①另一方面,一百多年来,创意写作经历了走出校园深入社区、走出美国落地他国、走出文学写作走向包容性写作等改变,在发展过程中,衍生出不同的目标和发展模式,而且仍旧处在生长中,正如史蒂夫·梅尔(Steve May)所指出的,创意写作是一个年轻的学科,它在不同的地区、不同的机制内以不同的方式发展自己,并且拥有多样的目标,导致我们对它的认识难以统一。

创意写作和创意写作研究是两个迥然不同的领域,但创意写作遭遇的尴尬处境却由创意写作研究不足引起,两者原是一条绳上的蚂蚱。创意写作要得到理解和尊重,它就要放下架子,不要因为自己"野蛮生长"就认为可以故步自封,以为不要理论、不要研究也行。同时,要展开创意写作研究,既要从考古学上溯根求源,了解它的产生背景、针对问题、发展轨迹,也要在学科特性上,综合考察它的文学、写作学、创意学、教育学、心理学、社会学等多重属性;既要在全球视野上,考察它历史上的存在状况和当下包括美国在内的实际存在状况,也要以发展的眼光,考察它未来可能的态势;既要研究它的创作规律、创意规律、创作教学规律、学科制度、学科方法,也要研究创作心理、接受心理;既要确定它的研究对象、研究方法,也要形成自己的研究方法;既要紧贴实践,也要建立自己可辨识的学科规范,成为与作文研究、文学研究肩并肩,并且能与其他大学研究有差别但又平等的学科,进而完整回答"创意写作是什

---

① LIGHT G. *From the Personal to the Public: Conceptions of Creative Writing in Higher Education*[M]//Marginson S. *Higher Education*. Amsterdam: Kluwer Academic Publisher, 2002: 259.

么""创意写作为什么可以教""创意写作为什么可以学""作家为什么可以培养""如何系统化培养""创意写作的职责是什么"等一系列问题。但对于中国而言,我们还要研究创意写作该如何落地生根,如何中国化,如何对接已有的传统经验与诗学,向世界创意写作贡献自己的智慧,并形成创意写作的中国学派。

我们一直在尝试推进这个工作。2012年上海大学推出了"上海大学创意写作丛书(第一辑)",包括《创意写作:基础理论与训练》《创意写作:虚构与叙事》《创意写作的兴起:美国战后文学的"系统时代"》,前两部是专著,后一部是译著,主编是葛红兵教授。第一辑虽然存在这样那样的不足,但译著却第一次打开了美国创意写作的历史发展的窗口,揭开了创意写作的神秘面纱,两部专著也对接了世界创意写作的研究,同时加入了上海大学以及中国本土探索经验,因此它推出后,受到很大关注。七年过去了,上海大学的创意写作探索又向前迈进了一步,中国创意写作的发展也远非昔日可比,创意写作研究也正在深入,在这个背景下,我们推出了"上海大学创意写作丛书(第二辑)"。

该丛书一共五部,包括一部译著,三部关于创意写作学科史、学科方法与学科理论方面研究的专著,一部创意写作教学探索的课堂复盘。译著《作为学术科目的创意写作研究》(*Establishing Creative Writing Studies as an Academic Discipline*)作者黛安娜·唐纳利,译者许道军副教授、汪雨萌博士。该专著首次将"创意写作"作为规范的"学术科目",在学科视野中,主要结合文化研究和文学研究的学术方法厘清了"创意写作"(Creative writing)与"创意写作研究"(Creative writing studies)的区别,明确了创意写作研究的领域与对象,探讨了创意写作的实践与方法等问题,提升了创意写作研究的理论水准,为走出创意写作重实践轻学术、"回避学术"倾向做出了重大贡献。《创意与时代:美国创意写作史专题研究》是国内首部关于美国创意写作史研究的著作,作者高尔雅博士。著作围绕百年来美国社会对"写作能否教""写作如何教"的论争,论述了美国创意写作的发生发展史,勾勒了美国创意写作的学科发展轨迹,揭示了创意写作的内在运行机制及其与社会发展的交互作用和时代意义。"创意"是创意写作的灵魂,《创意写作的创意理论研究》的作者雷勇博士从写作的创意本体论角度出发,围绕创意本质、创意过程、创意障碍、创意动机、创意思维和创意灵性等六个方面,剖析创意的丰富内涵,在创意写作范畴下尝试初步搭建"创意理论"的学术分析和研究体系,回应"创意是什么""创意有何规律""如何创意"等问题。《创意写作基本理论问题》是国内第一部创意写作基本理论问题综合研究的专著,作者刘卫东博士。著作包括创意写作本体论、创意写作发生发展论和创意写作实践论三个部分。第一部分在梳理创意写作发展历史上代表性的概念和定义的基础上,探讨了创意写作的本体与本质。第二部分立足于创意写作的发端、发展历史的考察,描述了创意写作面向文学教育、文化产业和文化创新的立体发展图景。第三部分在考察联合国教科文组织授予的"文学之都"案例的基础上,勾勒了创意写作从工作坊、产业社区、创意城市到创意国家的四位一体的实践路径。《创意写作十五堂课》是许道军和冯现冬两位副教授的课堂的文字复盘,作者亦是上述两人。著作精选的十五堂创意写作课程,涵盖故事、小说、影视、非虚构、自由诗和创意文案六种基本文体,尝试从原理、技巧和工坊活动三个方面,复活创意写作课堂真实概貌,同时加以文字与理论的整理,保留现场的生动活泼和学术的丰富严谨,以此在实践上探讨"创意写作如何教"和"创意写作如何学"等问题。

五部著作各有侧重,各有特色。译著在内容上创新,提供了宝贵的信息资料和方法论启发;三部专著在学科历史、理论与方法上进行了很多探索;《创意写作十五堂课》则更多地聚焦教学实践,基本上搭建了创意写作的学术框架。尽管这套丛书无论是学术探索,还是教学探索,都有许多需要商榷与进一步研究的地方,但是这种大胆的探索,仍然值得肯定,尤其是四位年轻的博士,更需要鼓励,因为无论是在世界范围内,还是在中国,都特别需要年轻学者投身于新的学术领域。投身于新的学术领域,有时候意味着冒险,甚至意味着牺牲。

丛书虽然称作"第二辑",我们仍旧相信,它依然只是开始。同时我们依然愿意做"抛砖引玉"中的那块"砖",呼吁更多更深入的研究涌现,共同促进中国乃至世界创意写作研究的发展。

2019 年 2 月 17 日

# 目　录

**导论** …… 1
- 第一节　创意写作的发展 …… 1
- 第二节　创意写作的研究 …… 11
- 第三节　本书的独创性 …… 35

**第一章　创意的本质** …… 50
- 第一节　创意的新颖性 …… 52
- 第二节　创意的特殊性 …… 54
- 第三节　创意的应用性 …… 56

**第二章　创意的源泉** …… 58
- 第一节　经验：生活与知识 …… 59
- 第二节　心理：意识与动机 …… 63
- 第三节　风格：思维与人格 …… 69
- 第四节　天赋：智力与灵性 …… 75

**第三章　创意的过程** …… 79
- 第一节　原发过程 …… 80
- 第二节　继发过程 …… 82
- 第三节　整合过程 …… 85

**第四章　创意的障碍** ......89
  第一节　自卑心理 ......89
  第二节　自责心理 ......95
  第三节　拖延心理 ......99
  第四节　焦虑心理 ......106

**第五章　创意的动机** ......115
  第一节　作家的动机 ......116
  第二节　压抑的欲望 ......121
  第三节　自我的实现 ......134

**第六章　创意的思维** ......142
  第一节　思维的类型 ......143
  第二节　脑力激荡法 ......147
  第三节　思维导图法 ......150
  第四节　曼陀罗法 ......156

**第七章　创意与灵性** ......162
  第一节　灵感与灵性 ......162
  第二节　灵性与性灵说 ......173
  第三节　灵性与大精神 ......176

**结语** ......187

**参考文献** ......190

**后记** ......206

# 导 论

## 第一节 创意写作的发展

创意写作学科最早诞生于美国,随后传播到加拿大、英国、爱尔兰、澳大利亚和新西兰等英语国家。2009年,创意写作学科被引入中国大陆,十年方过,"创意写作"已经从学科引进、理论引进阶段过渡到学科认同、理论接受阶段。

### 一、创意写作的兴起与传播

"创意写作"(creative writing)一词最早由美国作家拉尔夫·沃尔多·爱默生(Ralph Waldo Emerson)提出。1837年,爱默生在美国大学优等生荣誉学会上发表了 The American Scholar 一文,爱默生在文中说道:"附着在创造行为与思考行为上的神圣性,被转化为现实。正是这种思想的具体化,成就了一切伟大的文学作品。学术却把作品神圣化,将其当作圣物,而不是通过研究创造性行为对思想予以足够的重视。因此,在学术领域中,创造性让位于理性,高校也在此基础上建立。创造性学习的第一课,就是精神的自由以及在此基础上的思维的独立。"① 爱默生在其演讲中指出了学

---

① D. G. Myers. *The Elephants Teach: Creative Writing Since 1880* [M]. Chicago: University of Chicago Press,2006,p.31.

院派学术活动与创意写作活动的对立关系,他希望美国高校文学系能够真正落实创意阅读(creative reading)与创意写作。

爱默生提出了通过创意写作来改革文学教育的方案,在此后的一百多年内,围绕创意写作的讨论从未停息。当时英语教育仍然以语言学为主流,受德国实证主义语言学的影响,英语研究以语言学研究为重点,而英语文学近乎是被当作语言学研究的材料来看待的,"创意写作"也一直处于探索阶段。

1869年,35岁的查尔斯·W. 艾略特(Charles W. Eliot)被任命为哈佛大学校长,艾略特于1872年被任命为哈佛大学第一个全职英语写作讲师。1873—1874年,哈佛大学正式招收英语写作学生。1885年,创意写作正式进入高等教育。希尔(Hill)在哈佛大学为本科新生开设了写作课程"新生英语"(freshman English)。"正是高等写作的出现,标志了创意写作的真正发端。"[1]然而在这一阶段,创意写作只是以课程形式出现,并没有很强烈的学科自觉。此后数年,众多高校分别创建了独立的英语文学系,并逐步开设写作课程。

1897年,爱荷华大学作家工作坊(Iowa Writers' Workshop)成立。这种工作坊不同于后来专业学科体系内的工作坊,因为在这个阶段,作家工坊不过是供作家和学生沟通交流的兴趣平台,是业余作家俱乐部传统的延续。但是这种工作坊形式逐渐被众多高校所接受,成为英语写作课程的主流形式。

20世纪20年代,在美国的一所中学,首次出现了以创意写作

---

[1] D. G. Myers. *The Elephants Teach: Creative Writing Since 1880*[M]. Chicago: University of Chicago Press, 2006, p.41.

命名的课程，随后各大高校也逐渐接受了这个名称。但是在1930年以前，全美高校中并没有一个完整意义的创意写作学科。"English Journal（《英语专刊》）的一篇评论指出，41所高校已经将这种形式的创意写作纳入了课程计划。但此时的高校创意写作仍没有明确的目的：一半是写作，一半是创造性的自我表达。"① 真正将创意写作学科化、制度化，爱荷华大学功不可没。

1930年，"诺曼·福斯特（Norman Foerster）接管了成立不久的爱荷华大学文学院——使这里成了创意写作最初的阵地，而不是爱荷华作家工坊"②。福斯特被认为是美国高等教育体系创意与批评活动的实验者，是一位新人文主义者。福斯特在创意写作历史上应当被铭记。

1936年，美国爱荷华大学正式启动创意写作系统（Creative Writing Program），此系统涵盖了爱荷华大学的本科与艺术硕士（Master of Fine Arts，简称MFA）。值得一提的是，这是世界大学史上第一个创意写作专业性艺术硕士学位（MFA）。此外，该项目形成的学科系统涵盖了一系列英语写作课程，这些课程大多沿用工作坊模式，集读书、研讨、创作、修改、评价于一体，课程师资来自校内的创作型学者和驻校作家，以及校外的诸多访问作家。

不久，福斯特基于新人文主义与创新主义的共同基础，还建立起了爱荷华大学文学院的研究生院。爱荷华大学文学院的教育目标在于提升文学思维。福斯特认为，一套完整的文学教育意味着

---

① D. G. Myers. *The Elephants Teach: Creative Writing Since 1880* [M]. Chicago: University of Chicago Press，2006，p.101.

② D. G. Myers. *The Elephants Teach: Creative Writing Since 1880* [M]. Chicago: University of Chicago Press，2006，p.135.

"在文学学习中行之有效的一系列能力的提升。即不仅要发展(语文学的)现实感知力和(历史学的)时间意识,而且要提高审美感知、整合思维、价值评判的能力以及适用于书面或口头文学讨论语境的语言的运用能力"①。这也是创意写作学科最初的理念。

自爱荷华大学启动创意写作系统之后,第一批研究生创意写作项目在各大高校纷纷建成。"1946年,约翰·霍普金斯大学创立了写作研讨会;1947年,斯坦福大学设立了写作项目的奖学金,同年,阿兰·斯沃勒(Alen Swallow)在丹佛大学也启动了这个项目;1948年,巴克斯特·哈撒韦(Baxter Hathaway)在康奈尔大学做了同样的事。"②这一批研究生创意写作项目真正开启了美国战后创意写作的"系统时代"(the Program Era)。自此之后,美国创意写作学科终于走完艰难的论证阶段,进入飞速发展阶段。

1963年,保罗·安格尔(Paul Engle)与妻子华裔作家聂华苓共同策划,致力于将爱荷华大学打造成国际性的创意写作系统和创意写作训练基地,这便是著名的"爱荷华国际写作计划"。安格尔与聂华苓"一起邀请各类地方主义、国家主义以及国际主义的作家来爱荷华交流创作,并出版了《全世界聚集于爱荷华》小说编选集,这意味着对爱荷华教学系统的尊崇从美国国内走向了全世界"③。华裔作家白先勇等都曾就读于此,北岛、余华等人也都曾参加"爱荷华国际写作计划"。

---

① D. G. Myers. *The Elephants Teach: Creative Writing Since 1880*[M]. Chicago: University of Chicago Press, 2006, p.139.
② D. G. Myers. *The Elephants Teach: Creative Writing Since 1880*[M]. Chicago: University of Chicago Press, 2006, p.146.
③ Mark McGurl. 理解爱荷华:"创意写作"在美国的诞生和发展[J]. 朱喆, 郑周明, 译. 湘潭大学学报(哲学社会科学版), 2011, 35(5): 121-125.

20世纪70—80年代是创意写作项目的井喷期。"1970年,创意写作项目总数攀升到了46个,到1980年则超过了100个。战后的创意写作史,也即是创意写作发展成为遍布全美的产业的历史,这一产业被称作'超级机器'(elephant machine)——即能制造其他机器的机器。创意写作项目成了一个能够制造更多创意写作项目的机器。"①创意写作项目的繁荣在外部与美国文化产业的飞速发展息息相关,但在根本上是高等文学教育内部变革的需求。

2015年,据学者统计,"全美已经有800多个创意写作班,150多个授予艺术硕士学位的创意写作项目,其中30多个有资格授予博士学位"②。

让我们将视野转向美国之外。由于地缘上与美国接壤,早在1965年,加拿大作家恩尔·伯尼(Earle Birney)就在英属哥伦比亚大学创立了创意写作系,这是加拿大第一个创意写作项目。

1970年,英国作家、批评家马尔科姆·布拉德伯里(Malcolm Bradbury)在东安格利亚大学创立了英国第一个创意写作艺术硕士学位。"截至2006年,英国已经有140个本科、70个硕士、20个博士创意写作项目。"③如今,十几年过去了,其数目远远不止这些。

受到英国的影响,爱尔兰圣三一大学在1989年就开设了爱尔兰写作哲学硕士学位,1998年设立了第一个英文创意写作哲学硕士学位。由于有很早就坚持写作传统的"王尔德中心",所以虽然圣三一大学的创意写作学科开设得比较晚,但丝毫不影响其迅速

---

① D. G. Myers. The Elephants Teach: Creative Writing Since 1880[M]. Chicago: University of Chicago Press, 2006, p.163.
② 侯丽.高校能否批量生产创意写作高手[N].中国社会科学报,2015-03-04.
③ David McVey. Why All Writing is Creative Writing[J]. Innovations in Education and Teaching International, 2008, 45(3): 289-294.

成为英语写作高地。圣三一大学开启了爱尔兰创意写作学科的先河,都柏林大学与科克大学也随之效仿。目前爱尔兰各大综合高校以及部分理工院校均设有创意写作学科。

澳大利亚自20世纪90年代起就将创意产业纳入国家重点发展计划,高校的创意写作学科正好为该产业输送文学与文化创意人才,墨尔本大学率先提供形式多样的创意写作课程。"瓦莱斯·克兰博(Wallace Crabbe)于1981年在墨尔本大学开设了第一门创意写作课程。"①"1990年,悉尼科技大学授权第一个创意写作硕士高等学位,随后扩展到本科课程。"②这是创意写作学科的兴起与传播状况,也是世界范围内英语国家创意写作学科的大致发展脉络。

## 二、创意写作的引进与创生

让我们将视野转向国内。上海和北京的一批学者注意到中文教育的困境,同时也敏锐地注意到了西方的创意写作学科。

2008年,严歌苓推荐自己的老师舒尔茨(Schultz)夫妇到复旦大学讲学。舒尔茨夫妇是美国哥伦比亚大学创意写作学科的创始人。而正是这一次讲学,让王安忆、陈思和等教授萌生了开创创意写作专业硕士学位(MFA)的想法。于是,经过一年的努力,复旦大学成为国内第一家创意写作专业硕士学位(MFA)的试点单位。上海大学葛红兵教授在《创意写作的兴起》一书的序言中说:"我感

---

① Paul Dawson. *Creative Writing and the New Humanities* [M]. New York: Routledge Press, 2005, p.154.

② Paul Dawson. *Creative Writing and the New Humanities* [M]. New York: Routledge Press, 2005, p.156.

觉,未来的高校文学教育,可能应该以'创造性写作'(我们翻译成'创意写作')为主要方向,这是中国文学教育改革的大方向。"①中国人民大学的刁克利教授在创意写作书系之《成为作家》一书的序言中说:"2006 年,笔者到亚特兰大参加一年一度的美国作家和创意写作项目年会时,与会人数是 4 900 人,其中作家 2 000 人,创意写作研究生 2 900 人。2007 年纽约年会的与会人数达到 7 000 人,绝大多数还是创意写作的研究生和他们的导师。"②这几位学者率先从不同方面引入创意写作。王安忆等人引入的是创意写作的教学法,葛红兵等人引入的是创意写作基础理论,而刁克利等人引入了外文创意写作书系。

2009 年可以说是中国创意写作学科的元年,因为这年发生了两件大事:一是复旦大学设立首个创意写作专业硕士(MFA)学位;二是上海大学成立文学与创意写作研究中心。

2009 年,复旦大学中文系设立国内首个创意写作专业硕士学位点,学科负责人为著名作家王安忆,而这个艺术硕士学位也是经过多年论证后才获得教育部特批的试点性学位点。教育部规定此学位点必须经过三年试点期限,每年招生人数不得多于 15 人,由此可见主流学科体系对于文学创意性教育所持的怀疑和观望态度。

2009 年 4 月,上海大学成立文学与创意写作研究中心,学科负责人是葛红兵教授。上海大学开始创建全国第一个本科创意写作

---

① 马克·麦克格尔.创意写作的兴起:战后美国文学的"系统时代"[M].葛红兵,郑周明,朱喆,译.桂林:广西师范大学出版社,2012:译序.
② 多萝西娅·布兰德.成为作家[M].刁克利,译注.北京:中国人民大学出版社,2011:译序.

学科平台,并最早完成了本科创意写作课程体系的铺设。

2011年,葛红兵教授与许道军副教授联合发表《中国创意写作学学科建构论纲》一文,论证了建构中国创意写作学科的必要性和迫切性。文中指出:"创意写作学科是繁荣当代文学创作的需要,是文化产业发展格局的需要,同时是中文教育改革的迫切需要,是从'语言艺术'中析出文学的艺术属性,培养创造性人才的需要。"① 文章同时指出了创意写作学科体系需要解决的四大问题:创新与传承的问题;"创意"与"写作"的问题;文学性写作与非文学性写作的问题;分体写作研究的学科深化问题。同年,葛红兵教授发表《创意写作学的学科定位》一文,指出:"这种新型的创意写作学把自己的建设目标规定为:不仅培养作家,还更多地着力于为整个文化产业发展培养具有创造能力的核心从业人才。"② 这个学科定位将创意写作从传统文学创作延展到文化产业创作。当时,国内学界对创意写作学的内涵缺乏认识,对创意写作学科的定位也尚不明晰,对于如何建立创意写作学科更是无从下手,而这两篇纲领性文献无疑对国内高校建构创意写作学科提供了理论支持。

随后几年内,西北大学、北京大学、中国人民大学、南京大学、广东外语外贸大学、广东财经大学、温州大学等纷纷开设创意写作硕士、创意写作本科专业或方向。中国创意写作学科进入全面探索阶段。

2013年,上海大学在完成建构本科创意写作教学系统的基础

---

① 葛红兵,许道军.中国创意写作学学科建构论纲[J].探索与争鸣,2011(6):66-70.
② 葛红兵.创意写作学的学科定位[J].湘潭大学学报(哲学社会科学版),2011(5):104-108.

上,开始招收创意写作学术硕士(Master of Art,简称 MA)。这是中国文学高等教育体系内的第一个创意写作学术型学位,表明创意写作研究也开始学科化。

2014年,北京大学中文系设立创意写作专业硕士(MFA)学位点,第一届就招收了40名学生,而北京大学中文系当年一共才招收90名硕士研究生。毋庸讳言,北京大学在中国高等教育中的特殊地位,使得设立创意写作专业硕士学位这一举措具有特殊意义。它表明,中国创意写作学科在主流学科体系内开始得到认可,而且或将成为未来中文教育的风向标。同年,北京师范大学招收文学创作方向专业硕士研究生,虽然其并未以创意写作命名,但其学科属性与创意写作无二。

2015年,西北大学开始招收创意写作硕士研究生,挂靠在广播电视艺术学之下。同年,同济大学也开始招收创意写作专业硕士研究生。

2015年,上海大学在招收创意写作学术硕士研究生之外,同样开始招收创意写作专业硕士研究生,并且成功申请到了国内第一个创意写作博士点(Doctor of Arts,简称 DA)。自此,上海大学的创意写作学科覆盖了本科、硕士和博士三级学位,这标志着中国创意写作学开始覆盖三级学位。

## 三、创意写作的中国化与本土化

自2009年对创意写作学科的正式引进开始,截至目前,国内高校的探索似乎走了两条路径。

第一种是复旦大学作家培养路径。王安忆、王宏图等教授认为,创意写作不一定能百分之百培养出作家,但学生通过创作实践能更好地理解文学,培养其创意能力和审美鉴赏能力,而且通过写作可以提升人生品质。这种理念通过复旦大学开设的课程就可以看出来,除了"创意写作导论""小说写作实践""散文写作实践""主题写作"等创意写作类课程之外,还开设了"中国现当代文学""中国古代文学""世界人文发展史""当代文学批评""西方文学名著选读""大众文化与创意策划""城市文化与文学""跨媒体艺术研究""从小说到电影""海外华人文学""现代城市文学研究"等课程。这一系列课程设置表明,它是一种以创意写作为主要导向,以文学史、文学审美以及文化研究为辅的综合性人文教育理念。

第二种是上海大学产学研一体路径。许道军在《创意写作:基础理论与训练》一书中提出,创意写作学科要处理的是三种类型的文本:欣赏类文本、工具类文本和生产类文本。这表明上海大学创意写作学科选择的三个维度,即文学作品(欣赏类)、应用文书(工具类)以及剧本和策划案(生产类)这样的三极。上海大学的创意写作学科设置也与此相关,同时设立了创意写作学术硕士学位点和创意写作艺术硕士学位点,将研究与生产相结合。上海大学还积极与上海文广局、上海作协等展开合作,为学生开辟了大量实习基地,学生得以切实参与文创实践。此外,上海大学创意写作中心还接受委托,负责新疆作家培训、中国网络作家培训等项目。

国内诸多高校纷纷加入创意写作研究和创意写作学科创建的行列中来。但是,真正的创意写作方法和教学方法还都处于探索当中。笔者观察到,目前创意写作教学方法可以总结为三种:第一种是作家经验传授的方法,比如复旦大学团队;第二种是学者型创作成规总结的方法,比如上海大学团队;第三种是国外创意写作方法的直接借鉴,比如中国人民大学出版社团队。

目前看来,国内高校创意写作教学单位有些仍然采用小班讲授的模式,但是部分高校已经开始采用"工坊制"教学模式,不过目前这一模式仍然处在探索当中。

对于创意写作的师资问题,国内高校大多采用国外的"驻校作家"模式。比如复旦大学的王安忆、王宏图等,上海大学的葛红兵、何建明、谭旭东等,南京大学的毕飞宇,北京大学的曹文轩,北京师范大学的莫言,中国人民大学的阎连科、张悦然等。国外创意写作工坊也时常会邀请作家来授课,一般为一个学期(国外多为三学期制,每学期十周左右),这种教师被称为"访问作家"(visiting writer)。而在中国,除了"驻校作家"之外,还有很多作家以客座教授的身份受聘于高校,贾平凹为西北大学客座教授,白先勇为复旦大学客座教授,法国的勒·克莱奇奥(Le Clézio)为南京大学客座教授等。

通过对中国创意写作学科的创生史的梳理,我们发现,短短十年之间,创意写作已经影响到中文教育和中文研究的格局,成为中文学科改革的方向。

## 第二节 创意写作的研究

随着创意写作学科实践的发展,创意写作研究也随之兴起。在西方国家,20世纪90年代至今相继产生了一大批优秀研究成果,包括美国学者马克·麦克格尔(Mark McGurl)的《创意写作的兴起:战后美国文学的"系统时代"》,英国学者 D. G. 迈尔斯(D. G. Myers)的 *The Elephants Teach: Creative Writing Since 1880*,澳大利亚学者保罗·道森(Paul Dawson)的 *Creative Writing and the New Humanities*，爱尔兰学者埃利斯(Eilís Ní Dbuibbne)等人的 *Imagination in the Classroom: Teaching and Learning Crative Writing in Ireland* 等。美国产生了具有国际影响力的创意写作专题期刊 *New Writing — The International Journal for the Practice and Theory of Creative Writing* 等。这些专著和专题期刊加速了创意写作研究的进程。经过对这些文献的梳理，我们发现，在创意写作的本质、学科定位、学科史等诸多方面，英语国家的创意写作研究也呈现出不同的观点和选择，这些观点和选择自然影响到了创意写作中国化的探索。

## 一、创意写作本体及其学科定位研究

### (一) 创意写作的本体论问题

第一种观点：创意写作是突出创造性、新颖性、特别性的创作。爱默生将"创意"(creative)一词常规地理解为"原创性"(original)或"不可模仿性"(nonimitative)的同义词[①]。澳大利亚著名学者保罗·道森的主要观点是：创意写作是一切以创意为主要特点的写作。美国作家多萝西娅·布兰德(Dorothea Brande)在她那本影响深远的《成为作家》(*Becoming A Writer*)一书中的主要观点是：作家就是那些比普通人更具有创造性的人。国内学者也大多认同这种观点，葛红兵和许道军在《中文创意写作学学科建构论纲》一文中

---

① D. G. Myers. *The Elephants Teach: Creative Writing Since 1880* [M]. Chicago: University of Chicago Press, 2006.

指出:"创意写作"是一切创造性写作的统称。为了强调其"创造性"内涵,以突出与传统写作的本质区分,葛红兵与许道军倾向于将创意写作界定为以写作为活动样式、以作品为最终成果的一种创造性活动①。西北大学陈晓辉在《中国化的创意写作学科体系猜想》一文中指出:"创意写作最主要的特征有三点:一是创意性,二是实践性,三是商业性。具体而言,创意性要求注重理论思维和创新意识的训练和拓展,实践性则强调创作实操的重要性和必要性,商业性追求的是创意写作在文化产业中的现实效益。在此基础上,它还衍生出四个特征,即理论性、跨学科性、开放性、生长性。"②实践性和商业性都是以创意性为前提的,创意性无论如何都是第一要素。

第二种观点:创意写作可以等同于文学创作,或者说是以文学创作为绝对主体。马克·麦克格尔在《创意写作的兴起:战后美国文学的"系统时代"》中认为:创意写作是"战后美国文学"的最重要的组成部分。阿伦·泰特(Allen Tate)的基本观点是:创意写作虽然一反传统英语文学的语言本位,但仍属于英文学科体系内。罗伯·蒲伯(Rob Pobe)在 *Creativity: Theory, History, Practice* 一书中的观点更客观,他指出:① 从创意写作的体量来看,文学始终占据着最大的一部分,其他形式的写作都处于从属地位;② 文学可以通过创意写作成为以实践为基础的艺术;③ 文学研究、文学理论与创意写作之间存在潜在冲突。其观点①是对创意写作基本现状的

---

① 葛红兵,许道军.中国创意写作学学科建构论纲[J].探索与争鸣,2011(6):66-70.
② 陈晓辉.中国化的创意写作学科体系猜想[J].湘潭大学学报(哲学社会科学版),2016(1):85-89.

概括,观点②表明创意写作的实践性大于理论性,观点③则解释了高校文学教育的普遍困境所在。

第三种观点:所有的写作都是创意写作。这是目前最为激进的观念,持这种看法的人不在少数。学术论文没有创意吗?公文没有创意吗?在 Why All Writing is Creative Writing 一文中,作者大卫·麦克维伊(David McVey)指出:"这项研究表明:所有的写作,从发表了的电钻使用说明书到最深奥的文学诗歌,使用语言的原始材料、经验、知识、文字资源以及作者的想法和想象力,都为世界带来了以前不存在的新的存在。换句话说:所有的写作都是创意写作。"[1]这种观点否定了创意写作与普通写作的任何区别。这其实反映了主流学界对创意写作的怀疑态度。创意与普通思想之间到底有何区别?能否量化?这些都是未知数。不过,这种将普通人的思想(每个人都是特殊的)也视为创造性思想的观点不能被大多数人所接受,电钻使用说明书显然不能算作创意写作。

在笔者看来,文学写作已经化整为零,当下文学以影视、广告、网络、游戏等多种形态存在。希利斯·米勒在《文学死了吗?》一书中早已揭示当下文学的存在方式发生了重大变化。尤其是近几年来,新媒体迅猛发展,日新月异,伴随而来的写作方式、写作形态的翻天覆地的变化,而更加强调"创意"这一特性的创意写作能够适应新媒体的发展趋势。当然,以小说、剧本为样态的创意写作因为其故事的完整性、布局的宏大性等,仍然比广告、策划、游戏等样态中的碎片化的创意写作更具审美的纵深度和情绪的感染力。但

---

[1] David McVey. Why All Writing is Creative Writing[J]. *Innovations in Education and Teaching International*,2008,45(3):289-294.

是,创意写作的内涵应该大于传统文学写作,这一点应是无可厚非的。

## (二) 创意写作的学科定位问题

克雷格·乔丹-巴克(Craig Jordan-Baker)在 *The Philosophy of Creative Writing* 一文中说:"现在开设创意写作的学校,他们的创意写作哲学可以总结为两种:整合论与君主论(integrationism and monarchism)。后者倾向于把它看作一门独立的学科,而前者则倾向于把它视为一种人文学科的拓展教育。"[1]这表明,国外对创意写作学科至少有两种定位:

其一,创意写作是人文学科的有机组合的一部分。乔丹-巴克这样说:"其中一个可以命名为'合并派'(integrationists),强调创意写作应该与其他学科比如文学、结构学和媒体相关联。这是由于可以共享或借鉴其他学科的知识、技术性词汇以及智力技巧,而不是道森所反对的:'作家和评论家之间在关于文学的本质上有根本冲突'。"[2]复旦大学王安忆教授对该学科一直也秉持着类似的观点:创意写作学科并不完全以培养作家为主要目的,学生在学习创意写作的同时,还会提升其文学修养。然而这种观点正好是西方创意写作学者批判的观点。澳大利亚的道森就曾经指出:"提高鉴赏能力虽然是工坊写作的一个副产品,对于创意写作学科的存在来说却不是一个可持续的理由。如果创意写作不是为了培养作

---

[1] Craig Jordan-Baker. The Philosophy of Creative Writing[J]. *New Writing*, 2015, 12(2): 238-248.
[2] Craig Jordan-Baker. The Philosophy of Creative Writing[J]. *New Writing*, 2015, 12(2): 238-248.

家,而是去培养文学激情以及人文欣赏水平,有人就会说这是文学理论的工作,这将导致创意写作朝着与英文竞争的方向发展。"[1]这就引出了创意写作学科的第二种定位。

其二,创意写作是一门独立的学科。"另外一种可以命名为'君主派'(monarchists),因为他们坚持要将创意写作学科独立出来。一个独立学科的标志是横跨了教学法、培训以及研究。"[2]他们希望创意写作能够实现"自治"。这种观点实则倾向于将创作和研究看作两类根本不同的思维。有学者呼吁:"创意写作学科应该从英文系中独立出来,它应该面向作家并被作家运作。"[3]

以上两种观点是从哲学根基上探讨创意写作的学科化问题。科学研究范式能否用于创意写作,有些学者是持根本怀疑态度的。所以道森等学者都认为创意写作这种人文教育应该完全脱离学院派的英文系。他们认为创意写作不应当被研究,而是应当被体验。

除此之外,还存在第三种定位:创意写作以教写作为天职,写作并不是神秘的。大卫·莫里(David Morley)这样说:"创意写作这门学术科目的目的之一就是去除写作的神秘性,而非伪造其复杂性。"[4]他同时坚定地认为,写作是可以教授的。"当创意写作的学生有一定的天赋并且以它为天职时,我认为创意写作是可以有效地教授的。如果老师可以塑造其天赋并引导其使命,而且学生

---

[1] Craig Jordan-Baker. The Philosophy of Creative Writing[J]. *New Writing*, 2015, 12(2): 238-248.
[2] Craig Jordan-Baker. The Philosophy of Creative Writing[J]. *New Writing*, 2015, 12(2): 238-248.
[3] Craig Jordan-Baker. The Philosophy of Creative Writing[J]. *New Writing*, 2015, 12(2): 238-248.
[4] David Morley. *The Cambridge Introduction to Creative Writing* [M]. New York: Cambridge University Press, 2007, p.5.

乐于被塑造和引导,那么我认为创意写作可以作为一种技艺被教授。"①上海大学葛红兵教授是这样定位创意写作学科的:"创意写作学科是研究创意写作本身的活动规律、创意写作教育教学规律、创意产业管理和运作规律的学科。"②这显然拓宽了创意写作的内涵,创意写作不仅培养作家,还培养文化创意人士。

创意写作教育不应当仅仅作为文学教育的一种拓展教育,创意写作学科更不应当成为文学研究学科的附属学科,创意写作学科至少应当与文学研究学科具有平等的地位。如果高等文学教育培养出的只是批评家、鉴赏家、文学理论生产者,而不能培养作家、作品生产者,那么这种教育的说服力是有限的。

## 二、创意写作历史研究

创意写作具有80多年历史,拥有20多个分体写作类型,包含完整的学位系统。对创意写作史的研究主要分为三个方面:第一,创意写作发生史,即创意写作的生成前史。第二,创意写作发展史,自第一个创意写作系统诞生之后的历史。第三,由于前两者的研究主要聚焦于美国创意写作的历史,如今创意写作在欧洲、大洋洲、亚洲等地区快速发展,因此对自身发展的研究以及对国际化、本土化趋势以及未来发展的研究,是创意写作史的第三个研究热点。

---

① David Morley. *The Cambridge Introduction to Creative Writing*[M]. New York: Cambridge University Press, 2007, p. 8.
② 葛红兵.创意写作学的学科定位[J].湘潭大学学报(哲学社会科学版),2011(5): 104-108.

### (一) 创意写作发生史研究

这方面最具代表性的著作是 *The Elephants Teach: Creative Writing Since 1880*。该书是从发生论的角度，回溯了创意写作从萌生到正式发展为一门学科的历程。它着重研究的是创意写作产生之前，先后与语言学、语文学和英语文学之间的博弈，最终逐渐成为该学科主流的过程。当时，"语言"和"科学"被看作语文学的旗号，而语文学就是以语言科学的名义进行文学研究。但科学思维严重阻滞了文学思维的发展，于是便形成了文学与语言学、语文学的一场争论，争论的发起者就是爱默生，他在1837年发表的名为 *The American Scholar* 的演讲中提到，要以文学创意教育取代语文学的语言教育。这表明，学院派学术之流乃是文学创作和创造性活动的对立面。这个争论随后延续了近一个世纪。第二次大的争论发生在创意写作与英语文学（研究）之间，这里的英语文学相当于如今国内的中文系，是以文学研究为主的学科，而非文学创作为主的学科。1869年，35岁的查尔斯·W.艾略特被任命为哈佛大学校长，他不满英语语言学系占据主导，开设了第一门文学写作课，艾略特也成为全美第一位全职的英语写作教师。"19世纪最后二十五年，在摒弃了结构主义理想之后，哈佛大学明确表示：文学研究最理想的结局，就是文学创作的开始。"[①]这项举动在半个世纪以后，终于促成了爱荷华大学那场关键的高校文科改革实验，1936年，全美第一个创意写作系终于诞生。

---

① D. G. Myers. *The Elephants Teach: Creative Writing Since 1880* [M]. Chicago: University of Chicago Press, 2006, p.36.

该研究揭示了在英语国家高等教育体制之内,语言学和文学研究在英文系先后占据主导地位,创意写作并非一蹴而就的,而是历经两次关键争论,其理念才逐步得到接受。回顾这两次关键争论,可以更好地理解创意写作的本质。

(二) 创意写作发展史研究

最具代表性的是《创意写作的兴起:战后美国文学的"系统时代"》。本书主要介绍的是创意写作自 1936 年在美国高等院校体制内正式学科化以后,与美国战后文学的密切关系。这个学科不仅促进了美国文学的发展和繁荣,它同时还参与解决了美国一系列重大社会问题,包括战后心灵创伤平复、黑人民权运动、女性主义运动、多民族融合、国家形象建构、文化价值输出等。本书译者之一郑周明的观点最具有代表性。他在另一篇文章中认为:"以爱荷华大学为代表、遍及全美的创意写作工作坊展现了文学教育的一波新气象,同时创意写作所形成的体系也为整个文科教育机制注入了超越历史的革命性价值。"[1]学者张芸也有类似的观点:"美国战后小说取得的成就,涌现的优秀作品,超过了战前任何一个时期,这与创意写作项目带动的集体努力密不可分。"[2]毋庸置疑,创意写作带动了美国文学的繁荣,直到今日美国仍然通过文学、影视等文化产品向世界输出自己的价值观。该研究揭示出美国文学以及文化产业的繁荣,与创意写作学科是密不可分的。

---

[1] Mark McGurl.理解爱荷华:"创意写作"在美国的诞生和发展[J].朱喆,郑周明,译.湘潭大学学报(哲学社会科学版),2011,35(5):121-125.
[2] 张芸.创意写作与美国战后文学[J].重庆与世界,2009(12):80-83.

### (三) 国际创意写作接受史研究

此即创意写作的国际化与各国本土化研究。目前国内还没有创意写作接受史的研究。然而在欧洲、大洋洲这些地区，他们的创意写作学科虽然比美国产生得晚，但也有数十年历史，产生了很多该领域的研究。保罗·道森关注的是全球教育视野下的澳大利亚创意写作发展状况。华威大学创意写作项目主持人大卫·莫里回溯了英国创意写作学科的建构历史。1970年，英国作家、批评家马尔科姆·布拉德伯里(Malcolm Bradbury)在东安格利亚大学创立了英国第一个创意写作 MFA。此外格雷·戈里莱特、史蒂夫·梅尔等也从发展的角度（从美国到英国）和变化的角度（从个体到公共）阐述了创意写作在英国的发展状况。爱尔兰的创意写作和英美之间的是"传帮带"的关系，先是美国传到英国，然后从英国传到爱尔兰。*Imagination in the Classroom: Teaching and Learning Creative Writing in Ireland* 一书是整体研究爱尔兰创意写作学科的专著。埃利斯说："正式的创意写作工作坊在爱尔兰出现的关键时期是 20 世纪 70 年代。1971 年是一个里程碑。当年 6 月，第一届'利斯塔'(Listower)作家周举办。"[①]随后在 1998 年，圣三一学院设立了第一个创意写作哲学硕士学位(Mphil)。埃利斯同时指出，爱尔兰的中生代作家并不是美国"系统时代"的生员。

香港公开大学梁慕灵研究了中国香港地区创意写作专业的发展状况。她说："香港公开大学于 2008 年开设'创意写作与电影艺

---

① Anne Fogarty, Eilis Ni Dhuibhne, Eibhear Walshe. *Imagination in the Classroom: Teaching and Learning Crative Writing in Ireland*[M]. Dublin: Four Courts Press, 2013, p.11.

书荣誉文学士'课程,香港浸会大学则设有由文学院人文及创作系开设的'创意及专业写作文学士(荣誉)'课程,以及由电影学院于2010年与浸大国际学院合办的'新媒体及影视创意写作文学士(荣誉)'课程。另外,香港城市大学英文系亦于2010年开设'英语创意写作艺术硕士'课程,以兼读的模式培训英语创意写作人才。"[1] 中国香港地区的大学面临中英双语写作的问题,这与爱尔兰对创意写作的接受状况有点相似。

澳大利亚是新兴国家,将创意产业作为国家支柱产业,所以对创意写作的选择更倾向于产业化的一面。英国、爱尔兰等学术根基浓厚的国家,仍然倾向于把创意写作与学术研究相结合,他们大多提供的是 MA 学位而非 MFA 学位,创意写作专业毕业的学员不仅需要提交作品,还需要提交论文。与此同时,爱尔兰的创意写作还关注到自身凯尔特文化的传承和书写,其创意写作哲学硕士(Mphil)就是从英国而来的创意写作理念与本土实际相结合的产物。

## 三、创意规律与方法研究

美国西北大学教授杰克·赫弗伦(Jack Heffron)根据自己多年的创意写作经验,总结出一套激发作家创意的著作,名为《作家创意手册》(*The Writers' Idea Book*)。在该部著作中,杰克通过使用一些特殊手段,包括自由写作、强制关联等方法引导学生发掘深层

---

[1] 梁慕灵.大学创意写作教学的设计与效果:以香港大专院校为例析[J].湘潭大学学报(哲学社会科学版),2016(1):93-96.

自我和生活经验,从而实现写作的创意。这里我们需要着重提到他的"聚合法"。所谓"聚合法"(Clustering),即"一种创意产生的装置,它通过瓦解线性思维而进入右脑。你绘制圈子而不是逻辑、因果、上下关系的线条。然后,创意汇入你的大脑,用一个单词或者一句话把它写下来,把它们圈起来并且通过连接关键词将其辐射开来"①。其实,这种"聚合法"在心理学上来看,就是一种"思维导图"的方法。

在《创意写作心理学》(The Psychology of Creative Writing)一书中,作者詹姆斯·C.考夫曼(James C. Kaufman)等人主要从三个方面来展开论创意心理的论述:第一部分是作家的个性研究,人格研究向来是心理学研究的重点,作家的人格气质深深地烙印在文学作品当中。因此,作家的人格研究也成为创意理论研究的重要一维。第二部分是创作过程研究,主要是灵感和写作的交互关系,这表现在有些创作过程是灵感催生了写作,有些则是写作中产生了灵感。第三部分是创意的提升,其中非常有启发性的是利用自然意象(natural imagery)来提升创意的方法。

目前耕耘于中国创意学研究的人很少,这一领域需要拓展。比如,台湾戏剧大师赖声川将自己的创作经验总结为《赖声川的创意学》,谈到了将"禅的精神""禅的方法""冥想""止观"等运用到创意写作实践中去,以发现和提升自我的创意。这是极有意义的探索。

在创意写作整体观念当中,创意的规律和方法自然不能和写作的规律和方法泾渭分明地划分开来,但我们侧重于研究的是创

---

① 赫弗伦.作家创意手册[M].雷勇,谢彩,译.北京:中国人民大学出版社,2015:48.

意的环节,是写作过程当中的"原发过程"的环节。我们发现,写作方法和技巧的研究已经蔚为壮观,但是创意规律和创意方法的研究在文学学科内部,的确刚刚起步。这也意味着,我们的文献梳理工作要超越创意写作学,超越文学,转向其他学科,并向其他学科借鉴理论资源,包括创意设计学、创意管理学、创意心理学,等等。因为学科内部直接的理论资源的确有限。

本书使用的理论资源,包括斯腾伯格的《哈佛创意手册》《创意心理学》、阿瑞提的《创造的秘密》、杨德林的《创意开发方法》等。在《创意心理学》中,作者分析了创意的基本来源,包括知识、思维、动机等,我们在文学创作当中,倾向于再加上潜意识、灵性等内容。在《创造的秘密》中,作者主要为我们介绍了创造的核心过程,包括原发、继发和整合过程。原发过程是创意生发阶段,而激发过程是创意执行的阶段。因此,我们得到的启示是,创意规律的研究应当更侧重于原发过程,虽然原发过程中充满了各种神秘因素、非理性因素,但艺术学科和文学学科都应当把视野转向这里,而不应当避重就轻。

此外,在非正式化的学科——"心灵学"研究当中,同样可以借鉴很多资源,用来开发创意,包括《第六感训练》《右脑革命》等,其中提到了开发第六感的冥想训练等。一旦跨越了学科,不管是艺术学科、心理学科,还是管理学科,我们发现创意的确是有普适性规律的,可以尝试引入创意写作研究。

因为作为文学创意学研究的国内外资料还十分有限,所以本书尝试构建一套主要以心理学研究思路为核心的创意理论和创意方法论,所借鉴的材料包括《自卑与超越》《爱的艺术》《拖延心理学》《焦虑的意义》《精神分析引论》《释梦》《动机与人格》《意识光谱》等心理学原典,此外还包括佛学经典《金刚经》《心经》等。内容囊括创意心理障碍、创意动机、创意思维和创意灵性,它们在写作的各个环节发挥着不同的作用。有关这些内容更加详细的论证将在正文中展开。

## 四、写作技巧与方法研究

此类研究最为繁荣。其中比较有代表性的是杰里·克里弗(Jerry Cleaver)的《小说写作教程》,聚焦小说创作的五个关键因素:冲突、行动、结局、情感、展示,作者认为冲突是小说动力的根本。詹姆斯·斯科特·贝尔(James Scott Bell)的《冲突与悬念:小说创作的要素》也持同样的观念,认为冲突是故事的根本要素。书中详细分析了冲突的基础、结构及视角等,并指出几种描写冲突的策略,如内心冲突、对话冲突、主题冲突、风格冲突等,作者认为悬念强化了故事动力,指出设置悬念的策略包括对话悬念、场景悬念、风格悬念、瞬间悬念等。拉里·布鲁克斯(Larry Brooks)在《故事工程:掌握成功写作的六大核心技能》中,提出了四项基础技能和两项实践技能,前者包括立意、人物、主题、结构(情节),后者包括场景构建、风格。罗伯特·麦基(Robert McKee)在《故事——材质、结构、风格和银幕剧作的原理》中主要解析影视故事的创作原理,认为故事的叙事弧线以及故事的不可逆转性是故事的根本所在。此外,安·拉莫特(Anne Lamott)的《关于写作:一只鸟接着一只鸟》将写作分解为一段又一段短文,也就是"一只鸟"又"一只鸟",日积月累便能积少成多,积为长篇大作,获得"群鸟齐飞"的壮观景象。目前国内关于这方面的研究并不多,许道军的《故事工坊》一书,从材质、开头与结尾、悬念、动力、类型和包装等方面,全面解析故事的生成脉络及创作方法。通过对以上材料的梳理,我们发现写作的规律是有迹可循的,对于小说写作来说,最重要的是掌握好一系列基本写作要素,包括冲突、悬念、场景、风格等,如此才能正确评估作品,不断提升写作能力。

## 五、创意写作教学法研究

"工作坊"教学法(pedagogy)是国外创意写作教学最主流的模式。"工作坊"(workshop)一词,带有浓厚的技术化色彩,让人首先想到的是机器车间,与传统的"书房""沙龙"等休闲性的形式区别开来,一开始就表明了其技术化路线。上海大学许道军这样介绍工作坊:"workshop(工作坊)这种组织形式最初来自爱荷华大学。它一般以一名在某个领域富有经验的主讲人为核心,配以一到二名助教,10~20人形成的小团体在该名主讲人的指导之下,通过活动、讨论、短讲等多种方式,共同探讨某个话题,展开创意和写作。"[①] *Does the Writing Workshop Still Work?* 中收录了关于"工作坊"的研究成果,共16篇文章,包括四个主题:工作坊内部模式、鼓励冲突、非规范性工作坊、重新定位工作坊的新模式,全面解析了工作坊存在的意义、工作坊存在的形式、工作坊的新模态等。其中安娜·李海(Anna Leahy)认为:"创意写作的深层结构是通过教学经验总结出来理论与实践。所以,业余工作坊可能出现,也可能进

---

[①] 许道军.创意写作:课程模式与训练方法[J].湘潭大学学报(哲学社会科学版),2011(5):113-118.

行自由讨论,但是最好先深入理解理论和实践背后的写作过程,这是一种方法论。"①她同时还指出:"如果创意写作老师仅仅将工作坊定义为一个创意教室——就像在课程中编辑同行作品,而不是看成一种教学风格的话,那么教师是不会吸收工作坊的能量的,那种能量超越了学术课程并且鼓励学生长足发展。"②这表明创意写作工作坊绝非只是一个兴趣小班,或者是普通的教学课堂,而是由那些深刻领会创作规律的、掌握了方法论的专家领衔指导的工坊。不过也有对"工作坊"产生怀疑的,保罗·派利(Paul Perry)在 *Beyond the Workshop: Creative Writing, Theory and Practice* 中就认为,工作坊有利于发展合作思想,而不利于作家成就个体最深处的素质。

工作坊是一个复杂的场域,牵涉到讨论过程中平等的话语权、组织过程中的有序性、不同观点之间的取长补短、自由轻松氛围的营造等。对于"工坊制"最大的诟病仍然是它对作家个性的压抑。在很多人看来,写作属于个人行为,他人只会干扰和影响个体写作的灵感。其实,工作坊并不排斥个性,而是鼓励不同个性去弥补整体的缺憾。

"工作坊"教学法是创意写作的实践形态,而在创意写作的教学思路上,则主要是"过程写作教学法"。代表性成果是凯特·格林威利(Kate Grenville)的《写作:从开始到结束的六步指导》,此书使用了过程写作教学法,这六步分别指的是:获得想法、筛选、列提

---

① Dianne Donnelly. Does the Writing Workshop Still Work? [J]. *Multilingual Matters*, 2010, 5: 65.
② Dianne Donnelly. Does the Writing Workshop Still Work? [J]. *Multilingual Matters*, 2010, 5: 75.

纲、撰写、检查、出版。许道军认为过程写作法一般分为五个阶段："预写作（prewriting）、打草稿（drafting）、修改（revising）、校订（editing）和发表（publishing）。"①他这样理解过程教学法："创意写作不是简单的语言、段落、篇章以及技巧、修辞的组合，而是包含着创意、构思、写作及反复修改的全部过程，将写作活动延伸到了传统写作活动中忽视或者说不被重视的上游环节。在其写作和修改的下游环节，创意也是不断产生和得到修正，修改是学生创意活动、写作活动、认知活动的循环往复，换句话说，写作其实就是再写。"②过程写作教学法当中，教师在各个环节都有介入，保证了学生创作的顺利进行。

以往的写作教学不重视上游环节和下游环节，而"过程写作教学法"兼顾所有环节。"过程写作教学法"的出发点就是实践，只有在写作实践当中才能引发各种问题，每个人碰到的问题可能都不一样，问题出在哪个环节、哪个步骤也都不一样。在写作实践中发现问题和解决问题，这是"过程写作教学法"最基本的务实态度。

## 六、分类分体创意写作研究

### （一）分类写作研究

目前来看，国际上比较通行的创意写作分类是：虚构类、非虚构类、诗歌类。虚构类写作的研究，代表性著作有雪莉·艾利斯

---

① 许道军.创意写作：课程模式与训练方法[J].湘潭大学学报（哲学社会科学版），2011(5): 113-118.
② 许道军.创意写作：课程模式与训练方法[J].湘潭大学学报（哲学社会科学版），2011(5): 113-118.

(Sherry Ellis)的《开始写吧！——虚构文学创作》。作者主张从感觉和记忆出发去寻找素材,继而通过把握视角、人称、心理距离等,提高叙事技巧,最后通过提升冲突性和戏剧性,制造错综的时间,把握情节和节奏,从根本上提高虚构层次。还有杰奈特·布拉威(Janet Burroway)的《虚构小说写作：叙事艺术指导》。该书从写作的过程、展示而非讲述、制造人物及其个性化、小说空间与时间、形式与情节、视角、改写等方面,对虚构小说写作进行了全方位的指导。

第二类是非虚构类写作的研究,代表性著作是雪莉·艾利斯的《开始写吧！——非虚构文学创作》,该书是基于深度调研创意写作大师,包括顶级传记作家、新闻记者和非虚构小说家的基础上完成的非虚构写作方法论。作者认为非虚构作家应该重点关注事件的真实性,而发现真实性的素材,包括图片、绘画、记忆、纪念册、回忆录等,然后通过了解人物的动机,将人物形象化、特征化,最后完成非虚构创作。还有杰克·哈特(Jack Hart)的《故事技巧：叙事性非虚构文学写作指南》。哈特认为："一篇精彩的故事是作家和编辑从特定的现实抽离并组装起来的,他们不仅需要懂得故事创作的抽象原则,而且还要明白如何灵活运用它们。故事的来源并不重要。当我们学习案例的时候,故事发生的地点远不及故事的叙述重要。"[①]哈特从故事的结构、视角、声音和风格、人物、场景、动作、对话、主题、道德标准等方面来揭示非虚构类故事的叙事要领。

诗歌类写作的研究比较有代表性的著作是费奥纳·山姆珀森(Fiona Sampson)的 Poetry Writing: The Expert Guide。作者从不同

---

① 杰克·哈特.故事技巧：叙事性非虚构文学写作指南[M].叶青,等,译.北京：中国人民大学出版社,2012：5.

方面指出世人所具备的潜质,包括诗性人格、创意性的不服从、五种感官等,继而分析作诗中的技术性因素,包括隐喻和相似性、塑形与转换、澄清、韵律与非韵律、高与低、引用名句等,最后还提到修改与翻译诗歌、理想读者、叙事性语言的问题等。

这三大类的研究有相似性。因为虚构性是相通的,非虚构性是相通的,诗性也是相通的。但倘若我们去仔细研究这些著作的话,会发现每一位作者都把自己独特的经验融入其中。同样是视角,同样是冲突,同样是隐喻,每位作者的理解角度都不一样,而这一切正为写作提供了各种可能性。如果冲突模式、视角选择都有公式可循,那创意写作便真成了机械复制,培养的是写手而非作家。因此,恰恰是这些投射在术语上的独特经验,将这些术语重新激活,赋予其新的内涵。

### (二) 分体写作研究

在创意写作大类的基础上,又多以题材为依据,把写作划分出很多类型,我们往往将其称作"分体写作"。分体写作研究的对象包括:历史小说写作,代表作是 *Writing Historical Fiction*;科幻小说写作,代表作是 *The Road to Science Fiction*;旅行写作,代表作是 *Issues in Travel Writing: Empire, Spectable, and Displacement*;年龄段写作,代表作是 *How to Write for Children* 和 *How to Write for Teenagers* 等;电视喜剧(又译为情景喜剧)写作,代表作是 *The Craft of Writing TV Comeday*;广播写作,代表作是 *Writing and producing Radio Dreams*。还有浪漫小说写作、恐怖小说写作、动物写作、食品写作等。另外还有一些甚至是难以归类的,比如视觉化写作,代表作是 *Writing as a Visual Art*;生活写作,代表作是 *Living Narrative:*

*Creating Lives in Everyday Storytelling*；剧本对话写作，代表作是 *Writing Dialogue Scripts: Effective Dialogue for Film TV, Radio, and Stage*；无性别写作，代表作是 *The Guide of Nonsexist Writing for Writers, Editors and Speakers*。

我们发现，西方创意写作高度学科化的表现之一就是分体写作研究越来越细致，乃至于分体下又分出"子体"。分体写作是文学类型化的要求，也是知识分化的结果。当今社会，单纯的文学专业知识越来越不能满足文学创作需要，需要对其他专业领域的知识进行研究。由此看来，每一种分体写作都是一种研究性写作。其实国内的类型小说研究与国外的分体写作研究十分相似，但国内类型小说的研究还建立在批评和鉴赏的基础上，尚不能算作是小说创作理论研究。

## 七、创意写作的其他研究

### （一）创意写作与新媒体的关系研究

比较有代表性的研究是伯朗·丹尼斯（Baron Dennis）的 *A Better Pencil: Readers, Writers, and the Digital Revolution*。作者在书中分析了网络写作的优点和缺点。优点是可以建构属于自己的独一无二空间，缺点是"一旦开始网上写作，人们既是他自己又可以重塑自己。'网络受害者'在流行的第二人生承诺中重新扮演自己，数字化增强了他们生活的模拟世界"[①]。伯朗显然对网络作家

---

① Dennis Baron. *A Better Pencil: Readers, Writers, and the Digital Revolution*[M]. New York: Oxford University Press, 2009: 207.

生存处境持忧虑态度。然而另一位研究者却不这么看,丹尼尔·米窦斯(Daniel Meadows)在 *Digital Storytelling: Research-Based Practice in New Media* 一文中这样界定数码故事讲述者的身份:"数码故事讲述者认为他们是在故事讲述、社区以及个体中确认自己身份的,并且从大众传媒所制造的主导幻觉中逃离。数码故事讲述已经引起了社会各界的重视。"①他同时认为:"新媒体为新闻工作、剧本写作以及视觉技能提供了一条新的途径。一个新媒体项目蕴含着巨大利润和强大营销主题。"②我们发现,文化研究者认为大众传媒所制造的巨大幻影蒙蔽了事实,而通过亲自参与数码故事创作可以逃离这种幻影,因为他们理解了这些故事的来龙去脉,从而更清晰地定位了自己。这样看来,米窦斯又是持积极态度的。

## (二) 创意写作与社区的关系研究

哈尔·布莱斯(Hal Blythe)等在 *The Writing Community: A New Model for the Creative Writing Classroom* 一文中指出:"社区写作这种方法有很多积极的方面。学生不仅可以向专家学习,而且可以如此接近他的榜样。有了这个规律,学生可以更细微地从拥有证书的主治医师、木匠大师们身上挑他们想学的。不同领域的专家和作家们就可以相互认识,代理和编辑也可以相互认识,这样他们就可以给学生提供一个更即时的人际关系。"③社区写作可以

---

① Daniel Meadows. Digital Storytelling: Research-Based Practice in New Media[J]. *Visual Communication*, 2003: 189-193.
② Daniel Meadows. Digital Storytelling: Research-Based Practice in New Media[J]. *Visual Communication*, 2003: 189-193.
③ Hal Blythe, Charlie Sweet. The Writing Community: A New Model for the Creative Writing Classroom[J]. *Pedagogy*, 2008, 8(2): 305-325.

鼓励学生走出教室，获得更丰富的生活经验。*MFA vs. NYC—The Two Cultures of American Fiction* 研究的是"纽约作家中心"(NYC)的写作氛围与文化，这种文化最大的特征就是社区化，区别于高校的学院化。

创意写作进社区的效用是双向的，而非单向的。很多人认为创意写作进社区就是为老人写回忆录、提供精神援助等。其实，创意写作学员通过进社区采集故事，可以拓展生命经验、拓展写作素材、转换写作思路等。社区内提供的即时性人际关系，可以在现实层面助力作家交流，助力作品发表。

## （三）创意写作研究方法的研究

代表性研究成果为南佛罗里达大学黛安娜·唐纳利（Dianne Donnelly）的博士论文《作为学术科目的创意写作研究》(*Establishing Creative Writing Studies as an Academic Discipline*)。论文引言部分提出："我致力于推进创意写作研究的进展。作为一种学院派的学术科目，创意写作研究探索的是创意写作教学法遇到的挑战。它不仅支持而且欢迎智力分析，这可能使新理论产生。"[①]她同时指出了这门学科的关注点和价值所在："它关注的是我们对教学法实践的理解，可能影响我们教学策略和课堂活力，我们可能为学院派提供更多价值，我们的专业性以及我们多元的学生团体。"[②]杰里·克罗尔（Jeri Kroll）和格雷姆·哈珀（Graeme Harper）

---

① Dianne Donnelly. *Establishing Creative Writing Studies as an Academic Discipline*[D]. University of South Florida. (2009): vi.
② Dianne Donnelly. *Establishing Creative Writing Studies as an Academic Discipline*[D]. University of South Florida. (2009): vii.

编撰的 *Research Methods in Creative Writing*。在这部文集当中，他们提出对整体创意写作研究模型的建构，对写作过程研究模型的建构，还有对创意写作实验室以及教学模型的建构等。单凭文学研究经验去研究创意写作已经不合时宜，创意写作研究需要具备自觉的方法论。

## 八、中国创意写作研究的方向

国外创意写作学已经深化发展出了一门子学科——创意写作研究，与国外的创意写作研究相比，中国的创意写作不管是实践还是研究都才刚刚兴起。未来中国创意写作的研究可能包含如下方向：

第一，厘清创意写作及其学科本质。创意写作学科在英语国家内基本上已经被视为是自然科学和社会科学之外的一门独立的艺术学科。然而中国时至今日依旧没有赋予创意写作应有的学科地位。早在150多年前（1869年），哈佛大学校长查尔斯·W. 艾略特力排众议，开设文学写作课程（创意写作的前身）。中国学者应该从英语国家的创意写作史中去理解创意写作的本质和内涵。

第二，夯实基础理论研究，尤其是创意理论的研究。目前来看，国内创意写作的基本规律和方法的研究才刚刚开始。本书正是希望能在这方面有所推进。此外，国内关于创意写作的技巧和方法的研究也不够扎实，目前还没有产生有影响力的创意写作教材。对于"工作坊"这种基本教学形态的研究也还停留在表面，如何更好地发挥它的合作效应，如何鼓励个性间的冲突，如何控制结果的产出,都还需要更加深入的研究。

第三,深化分类分体创意写作研究。国内的创意写作研究还停留在虚构类和非虚构类创意写作研究上,连诗歌类写作的研究都很少,更不要说分体小说写作的研究了。儿童文学写作,要不要懂儿童成长心理?历史小说写作,要不要懂历史学?心理小说写作,要不要懂心理学?侦探小说写作,要不要懂法理学?科幻小说写作,要不要懂天体物理学?每一种分体写作都是一种研究性写作,必须要研究相关专业知识。中国创意写作学科的发展,未来各高校一定会根据自己的作家资源和地域特色开展相关分体写作课程,那么分体写作研究也是大势所趋。

第四,树立研究创意写作的方法论意识。只凭文学研究经验去研究创意写作,着重于创意写作史的研究、创意写作教学方法的研究是远远不够的,缺少方法论的指导。应尽早树立这种自觉的方法论意识,从文学研究的思维中走出来,建构写作过程研究模型、教学研究模型等,建设创意写作实验室等。

第五,推进创意写作的本土化研究。创意写作学科产生于美国,流变于英国、澳大利亚等国,是名副其实的"舶来品"。创意写作的中国化还要面临书写媒介的转换、文化传统的转换、体制机制的转换等,这都需要重新审视。然而,对英语国家创意写作经验的梳理是一项必不可少的工作。从1936年到2019年,英语国家创意写作有80多年的经验,倘能虚心汲取其最核心的理念和经验,或可加速创意写作的中国化与本土化的研究和实践。总之,对国外创意写作研究的梳理和借鉴,对国内创意写作研究的总结和思考,都是为了更好地促进创意写作的中国化和本土化实践。如何把中国传统理论资源如道学、理学、心学等纳入创意写作的视阈中,以促进创意写作的研究,这些或许都将成为中国创意写作研究的新方向。

## 第三节 本书的独创性

中国创意写作学科的实践和研究都处于起步阶段,需要创意写作的基础理论体系来支撑,需要创意写作的中国话语来建构。

总体来看,目前中国创意写作学的研究主要还是集中于学科史的梳理和学科合法化的论证。国内第一套创意写作理论丛书"上海大学创意写作丛书"中,《创意写作:基础理论与训练》主要侧重于引入创意写作概念,论证创意写作及其学科内涵;《创意写作的兴起》属学科史论,是美国学者对美国创意写作学科的回溯和评价;《叙事与虚构》则是文学叙事学的虚构小说理论。中国人民大学出版社译介的一整套国外创意写作丛书"创意写作书系",包括《成为作家》《小说写作教程》《虚构小说写作》《非虚构小说写作》等,多是写作指导书,主要是美国作家经验的传授,是美国作家总结的写作技巧,偏经验论,上升到理论层面的则很少。

作为一门从西方引进的学科,创意写作学必然同中国写作学形成对比,为了更好地作区分,我们称后者为传统写作学。在这里,我们必须区分两组概念:创意写作和传统写作、创意写作研究和传统写作研究。我们今天谈创意写作和传统写作的区别,并不是说传统写作当中没有创意,创意在文学当中古已有之。我们这里的区分,主要是在学科意义上的区分,或者说是创意写作学研究和传统写作学研究的区别。创意写作学可以是对传统写作学的继承和发展,但是必须和传统写作学有所区别。最根本的区别在什么地方？传统写作学实则是语言学传统延伸出的学科，重点是修辞学、文法学的研究；而创意写作则要恢复写作的艺术学属性，脱离语言学而返回文学。这是其理念上的根本区别。

因此，创意写作学研究必然要突破传统写作学研究的局限，创意写作学的研究不仅包括写作技巧和方法的研究，还应当包括创意规律和方法的研究。传统写作学将研究重点放在"写作赋形"这一阶段，即写作技巧、篇章辞彩等写作的"下游环节"。然而，传统写作学却不注重"创意生发"的研究，不注重创意酝酿、创意产生等写作的"上游环节"。台湾戏剧大师赖声川说："这两块独立但相互连结的部分可以称为'欲望'与'表达'，也可称为'构想'与'执行'，'想象力'与'组合力'，'感性工作'与'理性工作'，'灵感'与'制作'，'内容'与'形式'，用最简单的方法分辨，就是'创作'的'创'与'作'。"[①]张永禄也认为："从词源学解释上看，创意是一个大概念。中文里，'创'是开创、独创、原创；'意'是意图、主意、意念、想法、思维。综合起来看，创意则是突破原有思维，在旧的基础上创新，成为新灵魂，创造新价值。'创意'首先是作为思维和意念而存在的。这个思维和意念萌发在创意者的内心，仅仅是一个初级阶段，需要表达并固定下来的时候，就需要'写作'了。其次，创意和写作是包含关系。创意写作首先是一种创意能力，其次才是写作能力，是把创意表述出来的能力。"[②]根据这个观点，我们的研究重点就是创意能力，而非写作能力。

创意写作理论应当区别于传统写作学理论，应当超越"写作理

---

① 赖声川.赖声川的创意学[M].桂林：广西师范大学出版社,2011：23.
② 张永禄.创意写作：中文教育改革的突破口（上）[J].写作（高级版）,2013（3）：4－7.

论"研究,导向"创意理论"研究。但是我们发现,目前在创意写作的基础理论体系之中,写作规律和写作技巧的研究比较成熟,而创意理论和创意方法的研究却很少。

创意写作(creative writing)一词也可译为创造性写作,创意是第一属性,写作是第二属性。创意是创造意识和创新意识的简称,它是人的创造性的外在显现和物化。创意理论可以揭示创造的规律,创意方法则可以有效指导创造。在文学领域,创意方法能够与创意写作最核心的教学模式——工作坊相结合。

从这个层面而言,创意理论,或称创造性理论,应当是创意写作基础理论体系中不可或缺的一维。我们应当首先研究创意写作的第一属性,基于此,本书将研究对象锁定在:创意写作实践活动中的创意规律和方法。

国内创意写作学学术理论的研究尚处于起步阶段,创意理论是核心理论之一。没有对创意规律的揭示,就不能认识创意写作的根本规律;没有创意方法的提炼和总结,就没有行之有效的创意写作和教学方法。

本书或可打开文学创作论研究的空间。传统写作研究只注重作者的经验研究、技巧研究,不太注重创意研究。创意研究可以拓展文学创作论的研究空间。

本书可以揭示文学创作的创意规律,总结和提炼出一套操作性极强的创意方法,对于个人来说,可以提升创造性和写作能力;对于高校来说,可以应用于创意写作教学;对于社会来说,可以运用于创意培训等领域。

当然,研究"创意理论"涉及人类的创造性,创造能力也是人类最梦寐以求的能力之一,因此也一直是一个理论难题。"创意理论"的理论难点表现在以下几个方面：一是"创意理论"是一种跨学科研究，横跨文学、心理学、管理学等学科，这就要求文学研究者不仅要具备专业的文学理论素养，还要具备跨学科视野和相关学科的理论知识；二是创意本身难以衡量、难以测定，创意过程难以把握，由于标准含糊，导致很多文学研究者甚至怀疑创意是否存在；三是文学创意的特殊性，牵涉到作家们的个性气质和独特生活经验等，共性的创意经验并不容易提炼。这些困难证明了本书的价值所在。那些套用在文学文本研究当中、可以批量生产的程式化的文学理论，并不是我们要追求的。

我们的研究必须从中国现有的理论资源着手，我们的研究思路就是从文艺心理学的思路出发。但是文艺心理学创作论研究对创意规律的回答含混，使我们的研究陷入了困难，于是我们只能将视野投入最新的心理学和创意学的研究成果，以推进我们的研究。这便是我们研究的思路。

## 一、文艺心理学的梳理

文学创作论研究向来是文学研究的难点，向来最为棘手。我们通过对文艺心理学中的创作论进行梳理，发现所有文艺心理学中对文学创作的表述往往都具有含混性，这同时也充分证明了文学创作的复杂性。一个完整的创作过程，几乎包含了一位作家完整的心理经验，包含了知识、情感和意志等。从任何一个方面和角度去谈创作，似乎都是片面的。我们且来看文艺心理学当中的创作论的普遍观点。

在《新世纪文艺心理学》一书中，曾军、邓金明收录了陶国山对文艺创作的论述:"从作为主体的艺术家的心理层面看,艺术创作是其对社会生活现象的感觉、知觉、直觉、体验、注意、记忆、思维、联想、想象等各种心理过程的综合。这显然是一个更为动态而活跃的完整过程,既错综复杂、因人而异,又有一定的层次、机构、系统和规律。"①在《新编文艺心理学》一书中,周冠生这样说:"文学创造的心理过程,是理性、意志、情感、直觉等众多心理要素组合而成的'心理流'。"②在《文学创作心理学》一书中,鲁枢元认为文学创作包含感受系统、动力系统、思维系统、控制系统和整合系统:

(1)感受系统——包括感觉、知觉、统觉、联觉乃至错觉等心理机能。

(2)动力系统——包括欲望、需要、动机、兴趣、热情、激情、冲动等心理功能。

(3)思维系统——包括人的言语活动及概括、分析、判断、推理、综合、联想、想象、幻想等心理机制,其中包括抽象思维、也包括形象思维。灵感也是一种思维的方式。

(4)控制系统——其主要心理机制表现为意志活动、技能活动、注意活动。

(5)整合系统——其心理要素主要包括气质、能力、性格、习惯等,即被称作人的个性和人格的那种东西。③

本书尝试归纳和整理文艺心理学中提到的文学创作的关键词,它们包括:

---

① 曾军,邓金明.新世纪文艺心理学[M].北京:北京大学出版社,2014:78.
② 周冠生.新编文艺心理学[M].上海:上海文艺出版社,1995:200.
③ 鲁枢元.创作心理研究[M].郑州:黄河文艺出版社,1987:163-170.

(1) 与意识相关的：意识、潜意识、无意识、集体无意识、黑匣子。

(2) 与能力相关的：想象力、感受力、觉察力、观察力、结构力、统摄力、表达力。

(3) 与动机相关的：动力、驱力、渴望、自我需求、自我实现、性本能、内省性动机（阴影、梦、疑情、心结、情结等）、社会性动机（拯救、改造、揭示等）、兴趣、爱好。

(4) 与材料相关的：题材、记忆、经历、经验、体验、梦境（排列、组合、筛选）、童年经验。

(5) 与灵性相关的：灵感、灵性、直觉、知觉、禅悟、顿悟、通感、六根通用。

(6) 与理性相关的：理智、理性、思辨、抽象。

(7) 与情感相关的：感性、敏感、情绪、移情、快感、愤怒。

(8) 与思维相关的：思维风格、思维定式、心理定式等。

(9) 与媒介相关的：语言、方言、隐喻、换喻。

(10) 与人格相关的：个性、气质、人格。

(11) 与象相关的：想象、表象、意象、抽象、联想、分想、合想。

(12) 与身体相关的：身体、气。

(13) 与技巧相关的：形式、视角、叙事者、时空、时序。

(14) 与心态相关的：心境、止心、止观、状态、高峰体验、心态、身心状态、拖延、自卑、焦虑。

(15) 与意志相关的：意志、坚持、专注。

(16) 形而上的：智慧、关怀、时空观。

本书认为，在以上所列的这些关键词中，有几个关键词对于创意理论的建构和创意方法的提炼具有特别的意义。这几个关键词包括：障碍、动机、思维、灵性。

第一，创意障碍是创意理论应当首先回应的问题。对于作家来说，会碰到很多心理上的障碍，这些甚至都不是能力、技巧和文学专业知识方面的问题。写作者是否具备成为作家的基本信心，作家能否在写作事业中形成基本的自我认同，都建立在克服这些最基本障碍的前提之上。

第二，创意的动机决定了创作的开始，同时它能够提供创作的驱动力。因此作家应当分析自我的深层动机，更加明晰自己潜意识的动机。同时应当了解自我的本质需求，激起内在的创造性需求。对写作产生浓厚的兴趣，对写作产生爱，这就是关键。

第三，创意思维之所以比素材和经验更加重要，这是因为素材的积累是一个长期的过程，而且素材积累过程有自觉和不自觉之分。里尔克（Rilke）曾经说过：诗是经验。要去经历很多地方，经历很多事情，当这些经历沉淀为经验，就是诗的精髓。对于更深层的文化经验、历史经验，那是随着一个人年龄的增长及认识的深化、感悟的深化，会自然积淀的。对于一个作家来说，其人生经历和经验是不那么容易改变的，他可以改变的是看待已有经验的方式，他可以改变的是他的思维方式，因此他的思维风格和思维方式极为重要。这也就是里尔克所说的："请你走向你的内心。"要改变的是我们内在运用知识的方式，而不是一味向外张望。

第四，创意灵性维持着整个创意，它提供灵感的源泉，提供创作的智慧，维持着创作最佳的心境。它让作家的心变得更敏感，感知能力更强，以至于能感受到外在最微妙的变化。它让作家整个身体的机能对外开放，觉察外物、观照的能力都会大大加强。写作的心境、写作的状态能够酝酿创意，作家应该善于调整自我的心态,拓展自我的心境。高峰体验能够带来写作的快乐,能够创造出精美的篇章。那就要善于调动自己的灵性,给高峰体验制造更多的条件。

第五,在想象力、具象思维等问题上,要如何拓展想象力?这并不是要求我们去研究创作过程中意象是如何组合、对接、变形的;并不是去研究创意过程到底出现了哪些心理,回到以往文艺心理学的老路上去。这些对创意过程的回溯和认识,这些雏形、模型、流程,并不能反过来应用于创作。在创作过程中,意象可能发生了这样那样的组接,但是从创作的生产这个角度来讲,对于重新分析和解释这类组接几乎没有意义。关键在于,要建立什么样的心理状态,以保证这种创造性的组接能够发生。简而言之,关键是要施行一定的心理控制,采用冥想等方法,使得我们放松警惕,缓解紧张,从而释放自己的意识,给意象群提供重新组合的心理环境。

文艺心理学在创作论方面,始终不能提供可行的"创作心理控制"。所有的创作心理论都是认识论的,而不是方法论的。这对认识创作过程有益,但对创作的帮助却很有限,基本上是对创意过程的总结和回溯,却不能逆向应用于创作。因此这种理论的生产性不足,这是其瓶颈所在。

所以,本书主张应当从创意心理学、创意管理学、文化艺术创意学等角度去重新理解创作活动,从而更好地发现文学创作的规律。通过跨学科研究,将创意心理学和创意管理学的方法与观点引入文学创作研究,形成一种新的"创意理论"。

在研究普遍性的创意规律的同时,本书还希望探索一套创意开发的方法,这套方法区别于传统写作技艺培养的方法。有没有这样一种可能：借鉴心理拓展、冥想训练、创意领导力开发、心灵开发(如禅修、瑜伽)等方法，用于个体创意能力的开发，从而开发出一套新的"创意方法论"？

## 二、心理学理路的沿袭

20世纪70年代左右，西方心理学的研究已经开始从人本主义过渡到后人本主义阶段，当然中国的研究要滞后一些，80年代才掀起人本主义热潮。"超个人心理学"被誉为是继精神分析学、行为主义、人本主义后的第四种力量。从人本主义过渡到后人本主义开始于20世纪60年代末期。随着人本心理学的发展，马斯洛等人开始探讨自我实现的需要之外的更高需求，他们逐渐意识到人的超越性需求：一开始将人的生理需要和安全需要称作X理论，把人的归属与爱的需要、尊重的需要和人的自我实现的需要称作Y理论，最后把人的超越性需求称作Z理论。超个人心理学逐渐兴起，他们的理论立基于人本主义和西方分析哲学，同时也特别重视人类的共同性经验，这与人本主义只注重个体性需求相区别。他们的理论体系向我们展现出一个人深蕴的灵性和潜在的意识结构，这对于开发写作者的灵性有非常重要的借鉴意义。

随着心理学的发展，人们逐渐认识到很多心理现象是难以解释的，理性并不能认识全部心理现象，人们对心理的探索逐渐转向心灵层面，于是心灵学也呼之欲出。心灵学暂时还不算一门严谨的学科，但规模已经蔚为壮观，有狭义的心灵学和广义的心灵学之分。狭义的心灵学专指西方的超心理学(parapsychology)，主要研究超感现象；广义的心灵学则包含了很多现代心理学的理论成果，它广泛汲取西方超个人心理学(transpersonal psychology)、神经语言程式学(Neuro-Linguistic Programming)、瑜伽等理论,开展各种形式的灵性疗愈,创作了诸多灵性歌曲和灵性戏剧,面向社会各类人群,极大地帮助他们克服自身局限,帮助发掘他们身上的潜能和力量。

我们对文艺心理学进行梳理的同时,发现自20世纪八九十年代文艺心理学研究退潮之后,文艺心理学的研究进展已经无法赶上现代心理学的进展,最新的心理学研究,比如超个人主义心理学等,都没有纳入文学创作研究中。经过对心理学的重新发现,我们认为心理学的资源可以继续发掘,继续深化,这包括精神分析学和人本主义等。当下,心理学业已成为一门基础学科,心理学和文学都聚焦于人的心灵,具有天然亲密性,文学的创作和赏析,包含了丰富的心理活动,心理学能够为创意理论提供足够的支持。因此,本书从心理学中借鉴了理论资源。

那么在这里,我们必须还要澄清一个问题,即文艺心理学的落潮是不是意味着心理学研究范式对于文学研究来说并不适宜?

我们经常会听到一种非议:文艺心理学的没落主要是因为中国的文艺心理学缺乏西方实验心理学的基础,所有的文艺心理学研究都是空中楼阁、无根之木、无水之源。然而,我们有理由相信,之所以秉持着这样的观点,是因为对心理学的基本流派和基本方法不够了解。

心理学实则分为两大方向、两大脉络:一种是机械主义的方向,一种是意向性的方向。机能主义、行为主义等都属于前一种方向,而格式塔心理学、人本主义等都属于后一种方向。"机械化的心理学采取原子主义的或'马赛克'式的理论来描述精神过程。在这样的理论看来,被称为思想的东西应该是由若干意识内容的元素、单元、粒子或所谓原子丛结合而构成的'意识之流',这些意识内容的原子也就是通常所说的'感觉'或'感受性的单元'。"①那些对文艺心理学进行非议的人,主要是从机械主义的观点出发的。他们认为文艺心理学的研究应该需要提供文学创作所需要的意识元素、单元和粒子,应该分解出"感受性单元",乃至最后追溯到它的物质基础,甚至还要追溯人的神经系统和发射弧。这才是他们需要的科学,神经系统甚至已经可以替代人的心灵和自我了。

但是,这些非议者并不了解心理学意向性的一面。如果没有将意向性纳入心理学的话,那么只能将心理现象导入机械主义的泥潭当中。实际上,心理学基于三种基本的观察:第一种是内省的经验,即人对自我的不断反思;第二种是对经验中条件的观察与描述,即某种心理现象为何能够发生;第三种是对行为的观察与描述,即心理现象导致的外在结果是什么。可见,内省材料是心理学的核心材料之一,内省方法也是心理学的核心方法之一,而这种方法并不一定要建立在实验心理学的基础之上。

心理学研究中,主体是一个不可或缺的假设,文艺心理学和创作心理学的研究更是如此。"当我们对自身经验的某个阶段进行思考时,我们便建构了这种思考的对象;而我们还倾向于认为,我们思考的所有对象都是一个事物。但是经验不是事物构成的,经验只是一个过程,或者是一连串的行为的序列。"②威廉·麦独孤在《心理学大纲》中指出我们一旦进入思考过程中,我们的经验都是

---

① 威廉·麦独孤.心理学大纲[M].查抒佚,蒋柯,译.北京:商务印书馆,2015:Ⅱ.
② 威廉·麦独孤.心理学大纲[M].查抒佚,蒋柯,译.北京:商务印书馆,2015:43-44.

投注在某个事物之上的,所有的意识都是指向对象的意识。他同时指出:"第一,经验(experience)或经历(experiencing)永远是关于某物的经历,它总是针对某个对象的思考。在心理分析过程中,那个对象本身也是一种经历或思维。第二,所有的经验或思维都是某个体(some one)的经历或思维,它是主体,可以是个人或者一个有机体。……简而言之,我们所认识的经验一定是某个主体的思维,并一定指向某个客体。所以,我打算使用动词'思考'作为描述经验的一般用词。……无论我们所知的经验是什么,我们总是说某人(someone)在思考某物(something)。"[1]这段论述指的是我们所有的经验都是包含着意识的经验,所有的思考对象都是包含着意识的对象,所以在文学创作心理研究中,必然要回应的是创作心理的意向性问题。麦独孤认为:"所有的经验都是某个主体的经验。所有的经验是否表现为对一个对象的思考,则无定论。可以明确的是,所有的人通过内省观察报告的经验一定是关于某个对象的思考,而有时我们纯粹被动的、只有痛苦或愉快的体验则未必具有清晰的对象。"[2]因此,心理和心智的结构不能被转换为单纯的神经系统和机械元素,实验心理学也不是心理学的唯一归宿。

  文学在很大程度上就是作者的内省材料的结果,这个过程是意向性的参与,投射到了外在的对象上,从而帮助我们理解作者自我与外在对象的交互关系。这就是我们坚持从心理学角度去研究创作规律的原因。本书最终提炼出的关键词:创意障碍、创意动

---

[1]　威廉·麦独孤.心理学大纲[M].查抒佚,蒋柯,译.北京:商务印书馆,2015:44.
[2]　威廉·麦独孤.心理学大纲[M].查抒佚,蒋柯,译.北京:商务印书馆,2015:45.

机、创意思维、创意灵性,都具有强烈的个体的意向性特征,这正是因为本书遵循了心理学的意向性的一脉,而不是机械主义的一脉。

## 三、本书的主要内容

导论部分对国内外创意写作的发展和研究情况进行述评。本书的写作源于创意写作基础理论体系建构的需要,要超越传统写作学所偏重的写作下游阶段的研究,即"写作赋形"问题,而主张写作上游阶段的研究,即"创意产生"问题。主要从文艺心理学创作论出发,梳理文学创作的关键词中能够影响到创意发挥的关键理论要素,并沿袭心理学的思路,融入心理学的研究成果,以推动文艺创作心理和创意理论及方法的研究。

第一章分析创意的本质。创意是创造意识和创新意识的简称,它是人的创造性的外在显现和物化。创意写作则是表现出新颖性、特殊性和应用性的文学作品和文学观念。

第二章分析创意的来源。创意的来源包括生活经验、潜意识、智力、文学知识、思维方式、人格特质、动机、灵性等。其中,生活经验和文学知识属于一度经验和二度经验,思维方式和人格特质属于个性,潜意识和动机属于心理,智力和灵性则属于天赋。

第三章分析创意的过程。创意的过程主要包含始发过程、继发过程和整合过程。始发过程往往只有创意的轮廓,继发过程是更理性的思考,整合过程将始发过程和继发过程整合起来,形成完整的创意。

第四章分析创意的障碍。创意障碍主要包含自卑心理、自责心理、拖延心理和焦虑心理等。创意障碍对于初写者的影响最大,如果没有破除这些创意障碍的话,他们的写作生涯就无法开启。因此,创意障碍成为创意理论要回应的第一个问题。自卑心理影响作家的信心问题,自责心理影响作家的身份认同,拖延心理影响创意的执行力,焦虑心理影响整个创作的心态问题。

第五章分析创意的动机。克服了创意障碍后,要拥有一个良好的创作心态,则需要创意动机。动机可以为一个作家提供创作的不竭动力,影响创作的发生、强度、持续和倾向。本章分析了古往今来作家创意动机的多种来源,但根本性的动机只有两种:一种是逆向动机——压抑的欲望,另一种是正向动机——自我的实现。前者是一种被动机制,作家深藏在潜意识中的欲望刺激他不得不去写作;后者是一种主动机制,作家为了实现更高层次的自我,主动去写作。

第六章分析创意的思维。有了创意的发生,就进入了创意构思的阶段,这个时候,创意思维可以有效拓展思维。思维方式影响一个人对知识的运用方式和运用能力。水平式思维有利于艺术创作,而垂直式思维则有利于学术研究。本章据此提出了三种创意思维方法:脑力激荡法、思维导图法和曼陀罗法,分析三种思维方法的原理及操作原则,并在此基础上设计出同题写作法、导图制作法和情节建构法。

第七章分析创意的灵性及其内涵。认为灵性是创意的根本源泉,为创作提供源源不断的灵感。通过对灵性与灵感的关系、灵性与"性灵说"、灵性与"大精神"之间的关系进行整合和梳理,试图提炼灵性的资源和内涵。

结论部分认为,文学创作的媒介和生态已经发生了重要变化,创意写作是文学适应这一趋势的一种选择。在全产业链和全媒体环境中，创意比文字更为重要。创意规律在各个艺术学科内具有普适性，只是具体到某个艺术领域，创意的载体和媒介发生了变化，是语言、图像、音符之间的区别，而不是创意本身的区别。对于一个文学创作者而言，破除创意障碍、打开创意思维、激发创意动机、发现创意灵性或许比掌握具体的写作技巧更加重要。因此，创意障碍、创意思维、创意动机、创意灵性成为本书的研究重心。

# 第一章　创意的本质

"创意"一词,最早见于汉代王充的《论衡·超奇篇》:"孔子得史记以作《春秋》,及其立义创意,褒贬赏诛,不复因史记者,眇思自出于胸中也。"这里的"立义创意"是两个动名词的组合,意思是设立义旨、创造新意。《汉语大词典》将创意一词解释为:① 有创造性的想法、构思等。② 提出有创造性的想法、构思等。第一种解释中"创意"为名词,第二种解释中"创意"为动词。可见"创意"一词本身包含着强烈的意动成分,但是,如果从现代汉语双语词而不是古代汉语单语词的角度来看,创意仍然是一个名词(动名词)。

"创意"一词,在中文中与其含义最接近的词语是"创造性",对应的英文词汇有 idea、creativity 等。idea 翻译成中文为主意、创意、想法、意见等;creativity 翻译成中文为创造性、创造力、创意。creative writing 一词可译为创意写作,也可译为创造性写作。因此,在创意写作范畴内,创意就是普遍的创造性,而不仅仅指的是某个创造性的主意或灵感。

杨德林在《创意开发方法》一书中指出:"从狭义而言,创意指思想、观念、立意、想象等新的思维成果。从广义来讲,还应包括产生新思想、新事物的能力(如产生新的设计、新的工艺、新的理论、新的方法、新的发明创造等能力),创造性解决问题的能力,以及创造新事物、解决新问题的过程。因而,在一定程度上,创意等同于创造力。"①根据这个定义,创意包含我们之前所说的创造性的观念,但同时又加上了创造能力这一点。

克雷奇在《心理学纲要》中指出,普通人更多使用的是"再生性"的思维,这是一种相对惰性的思维,因为他所需要的能力仅仅是重复过去类似的能力,应付过去类似的情形,这是一种记忆和迁移,而不是一种新生。而那些具备创意能力的人则更多使用的是"创造性"的思维,这就不仅包括原有知识的迁移或挪用,更是一种从无到有的过程,提出创造性意见或者是解决问题的新方法。可见,创意包含创意思维。

创意最根本的指向,是要创造性地解释某个题目或者解决某个问题。本书采纳这一基本概念作为基本立场。创意、创造性、创造力可以看作是同义表述,基于这一点,本书试图分析文学创意的不同面向。

创意究竟表现出什么特质? 也就是说,在何种意义上,文学创作被看成是有创意的? 只有认识到这一点,我们才能够对创意进行有效评价,这也将引导我们对创意规律和方法的研究。

关于创意的特征,爱默生将"创意"看作是"原创性"(original)或"不可模仿性"(nonimitative)的同义词。创意学家罗伯·蒲伯在 Creativity: Theory, History, Practice 中认为:"创意是非比寻常的,原生的,合适的,圆满的,介入性的,协作的,无意识的,性征的,再生的。"②而创意心理学研究专家罗伯特·斯腾伯格(Robert

---

① 杨德林.创意开发方法[M].北京:清华大学出版社,2006:2.
② Rob Pope. *Creativity: Theory, History, Practice* [M]. London and New York: Routledge Press, 2005:52.

Sternberg)将创意定义为:"创意是生产作品的能力,这些作品既新颖(也就是具原创性、不可预期),又适当(也就是符合用途,适合目标给予的限制)。"①可见,创意具有非常丰富的特征。我们认为,创意最核心的特质包括新颖性、独特性、应用性。

## 第一节 创意的新颖性

文学创意的新颖性体现在相比已有的创作成果,该作品是令人耳目一新的,是迥然不同的。

罗伯特·斯腾伯格等认为:"我们所说的创造力到底是什么?如果一个产品很新颖也很实用,那么我们称其富有创造力,这是创造力的两个基本元素。新颖指的是从统计的角度看很少有。"②可见,新颖性的一个标准就是稀罕少见。比如唐末到宋初这一段时间,相比于有强大传统的诗歌,词显得极不入流,但是温庭筠、李煜等热衷于填词,使其由小众变为大众,由稀罕变为普遍,最终演变为"词别是一家"的格局。这就是一种创新。

具体到文学文本上,则是题材的新颖性、技法的新颖性、内容的新颖性和形式的新颖性。有没有发现新的题材,有没有使用新的技法,都决定了该作品是否新颖。在工业革命没有到来,科学技术发明还不够繁荣的情况下,科幻小说似乎微乎其微。但是先知先觉的小说家们想象着制造飞行器登陆其他星球,打造巨大潜艇

---

① 赖声川.赖声川的创意学[M].桂林:广西师范大学出版社,2011:15.
② 罗伯特·斯腾伯格,陶德·陆伯特.创意心理学[M].曾盼盼,译.北京:中国人民出版社,2009:10.

游走海底两万里,他们的想象甚至为后来出现的真实航天飞行器和潜艇提供了模型。我们认为类似这样的小说就是提前发现了新题材。再如《蜗居》一书,在形式上、语言上、社会解剖程度上都平淡无奇,但是作者最先描写了都市白领阶层的"蜗居"体验。能够率先去发现和书写新题材,这就是作者的创新之处,也获得了一定意义上的成功。

在福克纳之前,很少有人用不同的视角去讲述一个故事,但是《喧哗与骚动》做到了,同时让不同的人讲一个故事,这就是技法上的创新。韵律几乎一直是诗歌最为核心的标准之一。但是20世纪八九十年代兴起的口语诗,完全颠覆了韵律,相比强大的韵律传统,口语诗只要求保持一种内在的诗意,无所谓韵律的束缚,其中也不乏上乘之作。这些都是形式和技巧上的创新。

不仅是题材和技法上的新颖,倘若一个作家能够在发现素材的过程中,采用新视角,更新观念,虽然材料还是原来的材料,但也会创作出新颖的作品。在非虚构写作没有出现之前,主流文学描写的乡村生活往往是虚构的,是以乡村为时空依托而创作的乡土小说,但非虚构小说发现了被主流媒体所遮蔽的一些人。那些最底层农民的生活现状是什么样子的?乡村已经凋敝成了什么样子?"老少守家园"的空巢老人和留守儿童,他们的生活是什么样子的?农民出了农村之后,作为城市最底层的务工人员,他们的生活处境又是如何的?这些材料原本都在那里,但是非虚构写作以一种在场的、参与性的观念融于写作对象之中,获得一种交流感。这就是视角的亲密性所带来的新颖感。

杨德林认为:"所谓新颖性,简单的理解就是'前所未有'。用新颖性来判断劳动成果是否是创造成果时,要注意它的绝对新颖性和相对新颖性。"①从这个观点来看,那种局部意义上或者微观意义上的创新也是一种新颖性。这种作品或许出现在相当繁荣的某一类创作之中,当这类文本已经十分丰富,仅仅是对一个情节套路作了微小的改变,或者是对结局作了调整,都体现出新颖性。

不过我们认为更为重要的是那些绝对意义上的创新,在根本上推动了文学观念的前进和文学格局的改变。这样的作品甚至没有办法和其他作品进行比较,是一种完完全全的"无中生有"。文学创作的这种"无中生有",它是首次出现,便占据了创意地位——又有迹可循,因此这样的作品一旦出现,往往又是可以被理解的,而且给读者一种期待已久、终于得见的快感。

## 第二节　创意的特殊性

文学创意的特殊性指的是其不可模仿,也不可复制。特殊性和新颖性有一定的重合,但是并不是所有特殊的都是新颖的,特殊的作品也许很早就存在,对于作家来说并不一定是新颖的,但是这种作品存在着不可取代的特质。

杨德林认为:"所谓创造性,是独特性、非显而易见性、先进性等特征的概括,区别于重复性劳动的基本标志。"②很多重复性的文字劳动并不能称作创意。模仿行为虽然可以在一开始帮助一个初写者训练语感能力,但并不能在最终意义上帮助其实现创意。在创造性的道路上,最终还是要摆脱模仿,走出自我的独特道路。文

---

① 杨德林.创意开发方法[M].北京:清华大学出版社,2006:7.
② 杨德林.创意开发方法[M].北京:清华大学出版社,2006:8.

学创意的特殊性可以表现在多个方面,倘若一个作家能够将其鲜明的人格特质、鲜明的个性融入文学创作中,能够形成自己的语言风格和叙事声音,这就是其特殊性所在;或者能够将鲜明的地域特色和地域文化融于文学创作,如贾平凹的"秦腔"、莫言的"猫腔"等,都可以体现出他们的特殊性。

故事所标举的观念的特殊性,也是创意的表现。这种特殊性往往体现在创作观念的前卫和大胆上,或者是哲学思考层面的高屋建瓴。中国当代文坛,很少有作家能一如既往地坚持其文学观念,而那些有明确创作意识的,建立在哲学思考基础上的作家,往往是特殊的存在。

文学创意还表现在描写奇观上,或是描写现实存在的奇观,或是描写想象中的奇观,抑或是视角的奇观。电影《美丽人生》讲的是残酷战争年代中的人文奇观。父亲为了在残酷战争中保护儿子,配合儿子演了一场漫长的游戏。在危险又残酷的战争岁月里,以乐观、幽默和坚韧来对抗法西斯主义,彰显了人性之美。爱尔兰小说家爱玛·多诺霍的《房间》,写了一个女孩被邻居诱骗并奸污,幽禁在一个小房间里,而且生下了一个男孩。这个小男孩自幼就没有出过这个房间,小房间里的所有物件对他来说就是整个世界。母亲为了能让孩子健康地活下去,骗他说房间外面是虚假的外在宇宙,而房间内才是唯一真实的世界。小说以孩子的视角来描写房间里的一切,给读者带来的体验非常震撼,因为母亲传授给孩子的整个世界观影响了他看待事物的方式。试想倘若我们生活在一个幽闭的棚屋里,在没有外在物的参照下,我们又如何看待房间里的一切。《房间》这部小说的视角就体现了特殊性。

有些作品是反抗主流经验的文学作品,他们用非主流的写作方式来描写异质性的经验,这也是一种创意。2016年诺贝尔文学奖得主鲍勃·迪伦(Bob Dylan)的异质性经验和波西米亚风格,赢得了评委的肯定。这些都是创意特殊性的表现方式。

## 第三节　创意的应用性

文学的应用性是指文学为世界提供了价值。虽然文学的应用价值很难用金钱来衡量,它不像一件技术发明或者是一个商业策划,可以换算为实际的金钱,但是文学有其独特的精神价值,能够满足人们不同方面的精神需求。

罗伯特·斯腾伯格等认为:"创造力还应该具备两个特点:质量和重要性。产品质量越高,意义越重大,那么它具备的创造力价值就越大。但这两个特点并非创造性工作的必要条件。"[①]产品的质量和重要性都体现了创作的价值。文学创意的应用性如果首先体现在价值上的话,那么便要体现在质量上,如果一部文学作品不是上乘之作,那么便不能被认为是具有创意的。

对于文学的应用性,一个最为普遍的观点是"无用之大用",它不能像一件工具那样可以直接助力产生某种效果,它的价值也看起来如此玄幻缥缈,乃至于被人看作是无用的,是清谈的,是光说不练的,社会上也往往讽刺文学专业为"万金油"。但是,文学的"大用"却体现在它在陶冶人类的精神情操、提供审美享受方面的价值,这是无法抹杀的。

---

① 罗伯特·斯腾伯格,陶德·陆伯特.创意心理学[M].曾盼盼,译.北京:中国人民出版社,2009:10.

《从创意写作学角度重新定义文学的本质》一文将创意理解为"一度创意"和"二度创意",其中"一度创意"发生在意识转化为文字的阶段,而"二度创意"发生在文学产业化的阶段。"一度创意"到"二度创意"之间,文学的很多价值是不能够转化的,因为媒介发生了变化,也就是说文字媒介文学的实际产业化应用并不是百分之百的。要实现文学的应用价值,还要实现跨媒介、跨时空、跨业态的转化①。文学的本质是创意价值,贯穿在"一度创意"和"二度创意"之间。这个层面上看,能够创造价值的文学创意,实际上是就其应用性而言的。

　　随着文化产业的兴起,文学的应用价值也越来越可以以市场和金钱来衡量,即创造效益的多少。很多具有重要创意的知识产权(intelligence property),影响图书出版、影视改编、动漫改编、影视基地建设等完整产业链,影响市场审美和市场接受,甚至影响相关产业和经济发展,创意的实用价值得到了鲜明的体现。

　　我们在这里必须说明,市场和金钱只能暂时衡量文学作品的经济效益,并不能完全衡量作品的美育功能和文学史意义。很多看似不具备市场意义的创意作品,也可能是因为曲高和寡,具备一定的先锋性和探索性,这些作品的价值需要若干年才能够体现出来。

---

① 葛红兵,高尔雅,徐毅成.从创意写作学角度重新定义文学的本质:文学的创意本质论及其产业化问题[J].当代文坛,2016(4):12-18.

# 第二章　创意的源泉

创意的源头到底是什么呢？罗伯特·斯腾伯格在《创造力性质》一文中，提出了"创造力三维理论"。第一维是智力，第二维是认知方式，第三维是人格特质。泰勒(Taylor)提出对创造力有影响的三类因素：智力因素、动机因素、个性因素。在智力因素里包括了记忆、认识、评价、辐合过程与发散过程；在动机因素里包括了驱力、献身事业、足智多谋、追求普遍规律、渴求为混乱制定法则、渴求做出发现；在个性因素里包括了独立性、十分自信、容忍对一个问题的多种解释、具有女人气质的爱好、对事业的自信[①]。我国学者鲁克成和罗庆生综合了艾曼·贝尔的创造性理论，认为创造力应该包括四方面的内容："① 一般创造力：创造性思维、创造风格、一般智力。② 知识经验：一般知识、专门知识、创造知识和经验。③ 特殊创造力：特殊能力、专门技能。④ 非智力因素：创造个性因素、情感因素、意志因素。"[②]

那么，综合以上所有因素来看，我们认为创意应该包括思想观念、创新能力、创意思维、智力因素、认知方式、人格特质、特殊能力或技能、个性因素、情感因素和意志因素等。创意虽然存在于知情

---

① S.阿瑞提.创造的秘密[M].钱岗南,译.沈阳：辽宁人民出版社,1987：444.
② 杨德林.创意开发方法[M].北京：清华大学出版社,2006：112.

意(知识、情感、意志)等诸方面,但是我们认为情感因素和意志因素也只是为创意提供助力,属于个性因素,即个人的人格特质,而特殊能力或技能、创新能力、想象力等是创造性的外在表现。本书认为灵性(自性、悟性、觉性)也包含创意。

明确创意的来源,有助于我们完善创意理论、总结和提炼激发创意的方法。发现了创意的源头,我们就可以开渠引流,将创意导向文学创作。创意是有迹可循的,这起点就是创意的源泉。

## 第一节 经验:生活与知识

生活经验是文学创作的直接经验,文学知识是文学创作的间接经验。这双重经验是文学创意的源泉。

生活经验指的是在漫长生活经历和生活记忆中总结积淀的心得与体验。传统写作学教育,特别强调生活经验的采集和整理,创意写作教育亦认同这一点。传统写作学代表叶圣陶先生在其写作讲义中就提出:"我们作文,无非想着这原料是合理,是完好,才动手去作的。而这原料是否合理与完好,倘若不经考定,或竟是属于负面的也未可知。"[①]叶圣陶先生把生活经验看作原始材料,它决定文章的成败。诗人里尔克在给一位青年的书信中说:"诗是经验。为了一首诗,我们必须观看许多城市,观看人和物,我们必须认识动物,我们必须去感觉鸟怎样飞翔,知道小小的花朵在早晨开放时的姿态。我们必须能够回想:异乡的路途,不期的相遇,逐渐临近的别离;——回想那还不清楚的童年的岁月;想到父母,如果他们

---

① 叶圣陶.怎样写作[M].北京:中华书局,2007:2.

给我们一种快乐,我们并不理解他们,不得不使他们苦恼那是一种对于另外一个人的快乐;想到儿童的疾病,病状离奇地发作,这么多深沉的变化;想到寂静、沉闷的小屋内的白昼和海滨的早晨,想到海的一般,想到许多的海,想到旅途之夜,在这些夜里万籁齐鸣,群星飞舞,——可是这还不够,如果这一切都能想得到。我们必须回忆许多爱情的夜,一夜与一夜不同,要记住分娩者痛苦的呼喊和轻轻睡眠着、翕止了的白衣产妇。但是我们还要陪伴过临死的人,坐在死者的身边,在窗子开着的小屋里有些突如其来的声息。我们有回忆,也还不够。如果回忆很多,我们必须能够忘记,我们要有大的忍耐力等着它们再来。因为只是回忆还不算数。等到它们成为我们身内的血、我们的目光和姿态,无名地和我们自己再也不能区分,那才能以实现,在一个很稀有的时刻有一行诗的第一个字在它们的中心形成,脱颖而出。"①里尔克认为创意(诗意)的基本源泉便是生活经验,它是我们经历过的事物,在漫长岁月中沉淀下的深沉的回忆。

在《作家创意手册》中,从事多年创意写作教育的赫弗伦要求学生从多个方面探索自己的生活经验,包括最重要的经历、生活过的地方、家庭以及家族、喜欢的食物、极致情绪时刻、爱和性、信念和信仰等。"作者新解这些传统命题,提供新思路与写作方案,让你重新思考和定位人生,唤醒你的人生经验,召唤你尘封的记忆,化腐朽为神奇,将你琐碎的生活细节转化为写作素材。"②赫弗伦通

---

① 里尔克.马尔特·劳利得·布里格随笔.冯至,译//袁可嘉,董衡巽,郑克鲁.外国现代派作品选(第一册)[M].上海:上海文艺出版社,1980:50-51.
② 赫弗伦.作家创意手册[M].雷勇,谢彩,译.北京:中国人民大学出版社,2015:译序.

过丰富的教学经验和卓有成效的练习方式,促进了学生对自我生活经验的发掘。

文学知识主要指文学专业知识,包括文学史、作家与作品、创作技法等。要想成为一名优秀的作家,有必要储备足量的文学专业知识,需要对历史和当下的文学创作状况有一定的把握和了解,才能客观分析和定位自身的创作。这是因为:"创造力不可能无中生有。即使它与传统观念截然相反,它依然需要了解那些传统观念是什么。"①文学写作同样如此,伟大的创意都立足于前人探索的基础之上。

为了在写作中实现创意,作家首先需要掌握的就是发现新题材的能力,而这一点必须建立在大量阅读的基础上,哪些题材是别人已经写过的?哪些题材却仍然是冷门?要能够敏锐地发现新题材,作家不仅需要对文学史中前辈的作品有所了解,还需要对当前同道中人的创作趋势有所了解,因为创作需要独辟蹊径,不能与他人雷同。

同时,仅仅掌握个体作家的创作情况是不够的,还需要对文学史上已经兴起过的潮流和当前正在兴起的潮流有所了解,这些思潮和流派的主张是什么?推崇的理念是什么?为了实现这些理念需要遵守什么样的写作方法?这些写作理念背后的时代大势是什么?这些都应该是一个成熟的作家应该了解的东西,如果不去了解的话,那么这个作家很难形成一个宏大的视野,没有这种视野,他就很难准确地切入写作潮流中,实现创意的机会就会减少。

---

① 罗伯特·斯腾伯格,陶德·陆伯特.创意心理学[M].曾盼盼,译.北京:中国人民出版社,2009:5.

除了作家作品、思潮流派之外,作家还应该了解专业的创作技法。很多非专业的、自我成长的作家都慨叹早年没有接受专业的文学技巧训练,导致他们走了很多弯路。学习最基础的文学技法是相当必要的,比如人称的选择,第一人称、第二人称和第三人称,它们的优劣点各表现在什么地方？相比之下,第一人称更具有代入感,第二人称使用率比较低,但是诺贝尔文学奖得主高行健的《灵山》就成功使用了第二人称,仿佛对着读者谈话。第三人称则最为普遍,一旦涉及要讲的是别人的故事,不可避免地要使用第三人称。再比如视角的选择,是选择全知视角还是选择限制视角？古典文学往往采用的是全知视角,而现代文学倾向于使用限制视角来制造一种"间离效果"。如果把人称和视角结合起来,其效果就要变得更加复杂,比如第一人称限制视角,"我"只能讲述"我"听到和看到甚至是猜到的东西,而第一人称如果和全知视角结合的话,往往就显得不合时宜,因为"我"不可能是完全参与故事的,此时此地的"我"很难同时去参与彼时彼地的故事。再比如第三人称全知视角和第三人称限制视角,前者仍然是古典文学最为普遍的方法,而后者则为读者制造了一种紧张感。读者知道的事情可能比故事的主人公知道的更多,主人公"他"自己却好像被蒙在鼓里一样。这些都是最为基础的,我们知道文学作品是复杂的,很多我们熟知的经典名著所展示的人称和视角都是游离的,读者很难区分,在这一章节中使用的是限制视角,到了另一个章节又使用了全知视角。人称也是可以调换的,有些人物在其他人物看来是"他",但是到了这个人物本身叙事的时候,又会转化成"我"。写作者必须深入了解这些基本技法的微妙之处。知道了这些最基础的文学技法知识,叙述一个故事时采用视角和人称会更加灵活、更得心应手。

如果一个作家的创意诉求非常强烈,这对于他的阅读会有极大的提升,他吸纳文学知识的能力也会提升。"创造性眼光不仅取决于你所具备的知识,还取决于你希望突破已有知识的意愿。"[①]这样的作家在阅读前人作品的时候,就不仅仅是鉴赏性的,他在进行一种"创意阅读",他需要的是创造性的眼光,他期待在前人的作品中发现闪光点并吸取之,发现空白并填补之,这都建立在一种野心之上——超越前人,实现属于自己的创意。

## 第二节　心理:意识与动机

文学创作活动过程中伴随着复杂的心理活动,其中最重要的两种心理现象就是潜意识与动机,它们也是创意的源泉。

文学创作活动主要是意识活动,作家从构思到写作,到最后的修改,绝大部分工作都是在意识的指导下完成的。创作活动中的理智因素和情感因素都是意识活动的内容,作家有能力且自觉地将其纳入创作活动中。意识中的思想观念是创意的来源之一。

另外,潜意识也是创意的重要来源。潜意识指潜在的意识领域。弗洛伊德认为,意识只是潜意识外露出来的部分,潜意识才是整个意识结构的基础。我们不得不承认的是,很多灵光一闪的作品其创意规格往往更高。在那些作品当中,创作者似乎处于一种自动化的创作状态中,行文运笔完全不由自主,但是却能够妙笔生

---

① 罗伯特·斯腾伯格,陶德·陆伯特.创意心理学[M].曾盼盼,译.北京:中国人民出版社,2009:6.

花。这就是我们在这节要提到的潜意识的因素。

在荣格看来,文学作品按照其创作的主观能动性来说,可以划分为两种:一种是主观上可以把握和控制的,另一种则是主观上不可把握的。"有些文学作品,像散文和诗歌,就完全来自于作者想要产生一种特殊效果的意图。他使自己的素材服从于一种有明确期待目标的明确的处理方法;他对之进行增补删减、扬此抑彼、随意点染,每时每刻都在仔细考虑整体效果,同时严格地注意形式和风格的法则。"①而另一种创作形态则完全不同,"另一种作品,拼命地纠缠着作者;作者的手被抓住了,他的笔所写出来的事情使自己也感到震惊。这种作品本身带有自己的形式;无论作者想要添加些什么都遭到了拒绝,而作者想要舍弃的内容却又强加于他。当作者的思想意识惊讶而又迷茫地面对种种现象的时候,他就会淹没在如洪水般的思想和意象之中"②。荣格特别强调一定要注意区分这两种艺术创作心理,一定不能模糊化处理,要正视创作活动中这种客观存在的事实。因为这涉及创作活动中的两种最基本的意识形态,前者是意识的,后者是潜意识的。这两种意识主导下的创作形态是不同的。

弗洛伊德从三种精神现象中归纳出潜意识。第一种是过失心理。倘若一个人完全是在有意识的状况下生活,那么他的所有行为应该不会出现过失,因为意识能够判断对错,意识不会答应一个正常的人有过失。那么当人的行为出现过失时,一定是某种意识

---

① 荣格.人、艺术与文学中的精神[M].姜国权,译.北京:国际文化出版公司,2011:90.
② 荣格.人、艺术与文学中的精神[M].姜国权,译.北京:国际文化出版公司,2011:91.

之外的东西控制了人的行为,这是潜意识的第一个证据。第二种是梦的心理。在睡梦当中,人们的意识状况表现出与白日意识迥异的状况,没有逻辑,也没有顺序,充斥着大量的碎片和乱象,完全不能够以白日的逻辑来解释,如果每个人都有做梦经验的话,就会知道这样一种与白日意识相对立的意识现象一定是存在的,这是潜意识的第二个证据。第三种是精神病心理。倘若一个人在正常意识下生活,那么他不可能被称为有精神病,正是因为他被另外一种意识所控制,所以他的行为举止反常,说话没有逻辑,在常人眼里看来甚至是疯癫的,这是潜意识存在的第三个证据。由此三点,弗洛伊德论证了潜意识的存在。

潜意识影响着人们的生活,尤其在文学创作领域,潜意识还被认为是创意的核心源泉。荣格认为,文学创作过程中有两个证据证明潜意识影响了创作,一个是直接证据,一个是间接证据。"直接证据:诗人认为自己知道自己说的是什么,实际上他所说的却比他所意识到的更多。间接证据:诗人明显的自由意志的背后存在着一个更巨大的强制力量,如果诗人自动放弃他的创作活动,它就会重新显示出强制性的要求;或者是每当诗人的作品不得不与诗人的意志分离并相对立时,这种强制力量就会导致精神错乱。"[①]灵感理论在古代被解释为神灵凭附,到了 20 世纪,灵感则被认为来源于潜意识。

潜意识分为个体潜意识和集体潜意识(主流将其译为集体无意识)。在弗洛伊德那里,影响文学创作的主要原因是力比多带来

---

① 荣格.人、艺术与文学中的精神[M].姜国权,译.北京:国际文化出版公司,2011:93.

的性本能受到压抑所造成的潜意识,而这主要是个体层面的,生活经验和自我道德约束压抑了性本能,将这种欲望改造成了潜意识,但是在文学创作活动中,这种本能的欲望得到了升华。

然而,荣格并不完全满意这样的解释。他认为艺术创意的源泉,那些波谲云诡的意象背后,有一些原型化的稳定的原始意象。这些意象并不来源于个体潜意识,它们是人类共性的,是随着人类的发展一代一代遗传(生理上)和传承(社会上)下来的,因此,它们属于集体潜意识。"个人无意识是紧挨在意识阈下面的比较薄的层次,与个人无意识相比,集体无意识在正常情况下既没有显出向意识转变的倾向,也不能被任何的分析技术带入记忆中,因为它从未被压抑或忘记。"[①]荣格认为,集体潜意识比个人潜意识更加基础、更加深邃、更加永恒。

荣格认为,集体潜意识当中的原始意象属于神话意象,这些意象最能够打动人心,最能唤起人们特殊的敬畏感,最能够召唤人的力量。荣格这样描述这种神秘的意象群:"每个此种意象中都包含着一些人类的心理状态和人类的命运,都有着我们祖先的历史无数次重复着的欢乐和悲伤的痕迹,而且通常都有着同样的过程。这个神话情境重新出现的时候,总是带有一种独特的情感强度的特征;仿佛我们心中从未奏响过的心弦被拨动了,又好像有一股我们从未怀疑其存在的力量突然释放了出来。为顺应变化而作的斗争是如此艰难,因为我们始终面对的是个人的、非典型的情境。"[②]

---

[①] 荣格.人、艺术与文学中的精神[M].姜国权,译.北京:国际文化出版公司,2011:100.
[②] 荣格.人、艺术与文学中的精神[M].姜国权,译.北京:国际文化出版公司,2011:102.

神话意象才是艺术创意的真正源泉,当人们进入比较深度的创作状态之时,也就是创造力比较旺盛的时候,"无意识——而非自觉意志——统治、塑造着生活,自我被一股暗流席卷而去,完全沦为了一个身不由己的世间诸事的旁观者。作品创作的过程变成了诗人的命运并且决定着他的心理状态"①。在这种状态下,意识的影响微乎其微,而且这种心理状态所产生的文学作品浑然天成、妙不可言,其创意水平远远胜于意识主导的创作。

文学创作中意识现象和潜意识现象复杂交织,有些创作是意识主导的,有些则是潜意识主导的。潜意识中的个体潜意识和集体潜意识无疑是创意的最核心源泉。

动机是促使人从事某种活动的心理机能,它涉及人的行为的发生、强度、持续和倾向,动机能够给人提供从事某件事情的心理能量。动机是一个非常重要的心理现象,它也是创意的源泉,因为动机给创作提供了最基本的动力。没有源源不断的创作动力,就没有对写作的坚持,也就不可能实现连绵不绝的创意。

马斯洛把动机作为心理学研究的核心,他认为人的大多数心理活动都和动机、需求有关。如果在解释人类心理现象和心理活动时,没有把动机纳入其中,那一切心理学的结论都将站不住脚。

对于作家而言,创造性需求是一种自我实现的需求,是最高的需求,它使得作家甚至无视物质需求和生理需求,生活的重心就是为了回应这种创造性的需求。很多情况下,作家尽管没有充分的物质基础,或者饱受贫困的折磨,也没有得到应有的尊重,但是其

---

① 荣格.人、艺术与文学中的精神[M].姜国权,译.北京:国际文化出版公司,2011:130.

内心深藏一个梦想,蕴藏着一股热情和动力,出于对文学艺术的热爱,对生命的执着探索,他们最终完成了一部又一部作品,卓有建树。

动机对文学创作的影响可以表现在以下几个方面:"① 创作动机是一种内部刺激;它来自于作家的某种需要,是作家进行创作的直接原因。② 创作动机为作家提供创作目标和目的意图。③ 创作动机为作家提供持续不断的情感力量。④ 创作动机使作家明确自己行为的意义,并驱使着作家将其完成和实现。"①由此看来,动机不仅为作家创作提供目标和设想,还提供情感能量和行为意义。目标和设想能为作家提供创作的方法和途径,作家为了实现目标,就会去搜寻材料,采纳最佳写作方案;而情感能量和行为意义又为作家写作过程中灌注感情,对意义的追问又使得他不断与内在自我进行对话,提升作品的哲思含量和创作水平。

关于创作动机,大致上可以分为内倾性动机和外涉性动机。"要超越潜能真正表现出创造力,个体需要动力。创意人员应该'充满活力','多产'并且'目标明确'。目标可以是外在的(如钱、权力以及名望),也可以是内在的(如自我表达、个人挑战)。对于创造性工作而言,外部动机和内部动机都很重要,因为它能使个体全力以赴。"②两种动机在创作中的作用也有所不同,克雷奇认为,外界社会生活的刺激对创作动机起着直接的作用,是创作的激力、引爆力。从主体方面看,主要是由于创作主体的需要而引起的心

---

① 蔡毅.论文学创作动机的构成及其特性[J].云南民族大学学报(哲学社会科学版),1998(4):70-76.
② 罗伯特·斯腾伯格,陶德·陆伯特.创意心理学[M].曾盼盼,译.北京:中国人民出版社,2009:7.

理上的不平衡。有"对探索、理解、创造、成就、爱情或自我尊敬感的渴望","包含有张力增加和超出了直接的生存和安全需要的一种丰富状态"[①]。我们认为,对作家而言,内倾性的创作动机可能要比外涉性的创作动机更重要。我们看到很多作家淡泊名利,专事创作,反而更大程度上保障了其创意。不过也不能完全忽视外涉性动机,也有很多作家为了生计而创作。在他们早年的创作经历当中,微薄的稿费是他们生存的希望,支持他们更加努力地写作。

## 第三节　风格：思维与人格

创意是有独特标志性的,风格是一个作家成熟的标志,思维方式和个性特质构成了风格最基本的要素,同时也是创意的源泉。

思维方式,或称思维风格,指的是个体思考问题时表现出的独特性。对于作家而言,需要进行一定的创意思维训练,以改变习惯性的思维。"思维风格是指个体以何种方式运用和开发自己的智力。思维风格并不是一种能力,而是个体选择怎样使用能力的形式。"[②]有些人的思维风格是细腻缜密的,有些人则是大开大合的;有些人是从容不迫的,有些人则是火急火燎的;有些人是向外发散投射的,有些人则是向内收敛聚合的。我们很容易从作家的行文风格中看出其独特的思维风格。比如武侠小说双璧古龙与金庸,前者的思维幽微深邃,后者的思维广远旷达。

一般情况下,读者往往会被与自己类同的思维风格的作家及

---

① 克雷奇,等.心理学纲要[M].周先庚,等,译.北京:文化教育出版社,1981:379.
② 罗伯特·斯腾伯格,陶德·陆伯特.创意心理学[M].曾盼盼,译.北京:中国人民出版社,2009:6.

其文字所吸引，因为按照自己的思维风格，很容易理解作者的思维风格，读者经常会在这类作品中获得共鸣。因此，一个作家尽早发现自己思维风格的倾向是极其有必要的，因为这是他创意的来源。如果他悖逆自己的思维风格去写其他类型的文字，往往会事倍功半，反之他认同自己的思维风格，发挥所长，则会事半功倍。我们知道，海明威和福克纳也是一对欢喜冤家，他们彼此的思维风格是相反的。海明威喜欢言有尽而意无穷，福克纳则喜欢极尽意识之流。因此海明威的文字简洁凝练，而福克纳的文字则冗长连绵，甚至都没有标点。我们不可能要求海明威抛弃自己的风格，去学习福克纳的风格，如果那样的话，美国可能会少一位诺贝尔文学奖获得者。也就是说，每一个作家都应该坚持其独特的思维风格和思维方式，思维方式本身也无所谓好坏，重要的是能否真正发掘出思维方式的力量。

众所周知，不管是科学研究还是艺术创作，都存在着一些基本的思维方法，这些方法都是调动自身知识储备的能力，包括比较与类比、归纳与综合、演绎与推衍、分析与概括等。比较是将不同事物放在一起，列举其相同点和不同点。类比是将同类事物进行比较。归纳与综合是从众多特殊对象中总结出一般规律。演绎与推衍是从一般性规律诠释特殊事物，甚至根据一般规律衍生和创造特殊事物。分析与概括是相反的方向，分析是把整体分解成不同部分，通过不断分解的过程，观察和认识事物的本质；概括则是从不同部分的属性中提炼出对这一类事物的认识。以上这些方法都是科学的思维方法，有些对艺术创作是适用的，有些则未必。"典型化"这种文学创作的方法就是采用了归纳与综合的思维方法，从不同人身上归纳和提炼出一般性的特征与性质。比如鲁迅笔下的阿Q,就是对众多中国人形象的提炼。

以上这些思维方法都是通过概念和符号进行思考的,因为这些过程中不涉及"象",所以我们称其为抽象思维。对于文学创作而言,我们接触到的更多是具象思维,或者称为形象思维。作家在创作过程中,不是以概念和符号的形式思考的,而是以"象"的流变的形式思考的。他在进行文学创作时,脑海里或者有某个人物的肖像,如他的神态和动作、他的语言,或者有某个场景和画面,作者是通过人物之间表情的交流、对话的交锋、场景的转换来实现思考的。因此,我们认为,具象思维的风格可能更有利于文学创意和艺术创意的实现,而抽象思维的风格更有利于科技创意的实现。

总之,创造性思维能力是重整知识的一种能力。有必要指出,思维方式往往是无意识的,但思维方式可以随着时间和环境的不同而改变。在处理不同的对象和材料时,也可以采取不同的思维方式。这就是思维训练的必要性。很多持传统观点的人认为,文学创作中灵感、想象、积累、学养是最重要的,往往不愿意去训练思维能力,但思维能力却是使用和调度知识的能力,同知识本身一样重要。"警觉和训练常常是一种条件,从而能使创造者认识到——无论是通过突进或渐进的方式,还是通过长时间准备与酝酿的方式——那些并没有被他看成是无意义的、偶然的、变幻无常的、荒诞的或不合逻辑的特殊相似性实际上是以一种以前没能充分认识到的现象或体系为基础的。"[①]至于逆向思维、跳跃思维等,都是打破常规的思维方式,往往会产生出其不意的效果,但失败的概率也很高,很可能不被理解和接受。生活中还存在着一些创意型的思

---

① S.阿瑞提.创造的秘密[M].钱岗南,译.沈阳:辽宁人民出版社,1987:486.

维方式,可以有效地提升创作能力。这些创意型的思维方法将在本书中专辟章节加以论述。

人格特质是指某人拥有的独特人格气质。每一种创意人才都有其独特的人格特质,斯腾伯格等认为:"一个具备创造力的个体往往显示出一些特定的人格特质。我们在研究中发现,人们认为创造力不仅仅意味着一种认知或心理特质,还包括了人格特质。"[1]对于创作者来说,他们可能需要的人格特质就是作家气质,这种作家气质可以为他们带来创意。

一个人的人格特质与其遗传相关,他的个性很大程度上来源于先天遗传因素,比如他的主导性体液。心理学根据人的主导性体液将人划分为四种类型,分别是多血质、胆汁质、黏液质和抑郁质。

这四种"体液类型说"来源于古希腊哲学家希波克拉底,他是根据经验观察认为多血质是因为热和湿的结合,所以多血质的人温润活泼,机智灵活,语言天赋极高,具备较高的亲和力,但是多血质的人往往没有主见,容易变化,意志力薄弱,做事情往往不能够坚持,不能够持之以恒。胆汁质是热和干的结合,所以胆汁质的人性情开朗,坦率直接,精力十分旺盛,但往往粗枝大叶,不够细腻,而且性情暴躁,容易失控。黏液质是冷和湿的结合,所以黏液质的人性情迟缓,不够灵活,沉默寡言,缺乏激情,不过黏液质的人谨慎细致,喜欢沉思,比较有耐性和自制力。抑郁质是冷和干的结合,抑郁质的人相比黏液质的人更加内倾,他们往往多愁善感,耽于遐

---

[1] 罗伯特·斯腾伯格,陶德·陆伯特.创意心理学[M].曾盼盼,译.北京:中国人民出版社,2009:7.

想,情感脆弱,并且优柔寡断,但他们更加敏感,思考问题十分精微深邃。

有研究发现,作家中具有胆汁质和抑郁质人格的比较多。作家要么冷若冰霜,要么热情如火,要么多愁善感,要么坦率直接,性格四平八稳的属于少数。我们必须要澄清的是,每个人的人格类型并没有那么泾渭分明,一个人的体液性质可能包含了多种,但总有一种是占主导的,这种主导性的体液决定了其人格特质的最终取向。

一个人的人格特质还与他的生活经历有关,与他所在的家庭、所就读的学校、所接触的社会环境,甚至与他生活的地域有关。童年经验与作家的关系最为密切,因为这些经验塑造了一个作家的感觉结构,这可能是他人格特质的第一重来源。倘若他的童年经验是快乐而美好的,那么他容易形成乐观积极的心态;倘若他的童年经验是悲惨而戚悯的,那么他容易形成悲观消极的态度。我们经常能在作家的作品中看到这种童年经验的影子,这贯穿了作家一生的创作。

学校环境也是人格特质养成的重要场所,一个作家所接触的老师和同学,这些人的价值观,这些人与作家本人的关系,这些人与作家发生的故事,都会极大地影响作家。因为作家没有进入社会之前,这些人所带来的知识是他认识世界的基础。如果有一两位对他影响深远的老师,这个作家可能会非常积极主动地向他们学习,包括他们为人处世的方式和价值观,甚至会模仿这些老师的气质。

进入社会之后,作家的个人气质已经大体上成形,但这并不表示社会对作家的人格特质没有影响。因为社会环境和学校环境的差异所造成的效果会撼动他的心灵,影响大的话,甚至会彻底扭转作家的人格特质。含蓄内敛的人可能会走向他的反面,变得十分开放,甚至肆无忌惮;规规矩矩的人可能会变得世故圆滑;有些在学校中显得比较"坏"的孩子可能会突然"觉悟",变得遵规守矩。

地域对人格特质的形成也有一定的影响。一方水土养育一方人,山川的阻隔,气候的差异,海陆的不同地貌,都会对一个地域的人的行为和生活习惯产生重要影响,一代一代流传下来,就形成了一个地方特殊的文化基因,这些对一个作家人格特质的形成也是有影响的,它的影响是潜移默化的,而且更加根深蒂固。

综合以上种种因素,我们发现作为一个作家,他往往具备如下人格特质,这些人格特质是其创意的来源。

首先,他们往往是特立独行的。他们给人的印象总显得格格不入,他们会给自己制造一个非常独立的心理空间,别人都不太容易进入那个空间。巴伦认为:"① 有独创性的人喜欢复杂的和某种程度上显得不均衡的现象;② 有独创性的人有着更为复杂的心理动力和更广阔的个人视野;③ 有独创性的人在做出判断方面有着更大的独立性;④ 有独创性的人更坚持己见和具有支配权;⑤ 有独创性的人拒绝把抑制作为一种控制冲动的机制。"[①]同时,他们往往具备强烈的好奇心,善于观察别人的言行举止,并且常常默默记在心里,并不作过分的评价。

他们拥有丰富的想象力,他们的想法显得天马行空、不切实际,很多在别人看来是异想天开的想法,在他们看来却都很平常,而且他们似乎显得很认真,准备把激情投入这些天花乱坠的想法当中。

他们往往具有非常敏感的心灵,能够及时察觉到植物的生长、气息的变换,能够察觉到别人脸上的微妙表情以及背后的心理变

---

① S.阿瑞提.创造的秘密[M].钱岗南,译.沈阳:辽宁人民出版社,1987:445.

化,能够察觉到别人隐藏起来的想法。他们的智商往往非常高,能够理解幽默并且善于制造幽默,这与他们对生活的激情是分不开的,他们需要找到一种最轻松的与世界打交道的方式,因为他们往往最能体会到艰辛的一面。

他们往往最具有艰苦探索的精神,在这个过程中还能够忍受非议、坚持自我。"个体必须强调立场。个体不仅要不断地克服周围人给他制造的障碍,还应坚定信念,哪怕直面异议和嘲讽。"①他们总是通过各种方式来排除干扰,只因为心中有一个创作大梦想、大故事的目标,活出一种艺术化的诗意人生。我们必须看到,他们虽然特立独行,虽然可能在坚持自我过程中无意刺碰别人,但是他们为人坦率慷慨,敢于表露自我的真实想法,他们并不希望在世俗化的生活中过多地浪费心机。他们在专业领域,往往研究得非常深入,在该领域的见解十分成熟,但是他们在为人处世方面却显得十分简单,不够世故圆滑,往往给人一种童心未泯的感觉。

## 第四节 天赋:智力与灵性

人的天赋集中表现为人的智力与灵性,这是创意的源泉。天赋需要不断地去发现,才能转变为成就。创意写作学的一个基本主张是:天赋是可以发现的,作家是可以培养的。

智力指的是人的记忆能力、认识能力、理解能力、分析能力和运用知识的能力等。智力大多为先天禀赋,但也有后天习得的成

---

① 罗伯特·斯腾伯格,陶德·陆伯特.创意心理学[M].曾盼盼,译.北京:中国人民出版社,2009:7.

分。知识的积累和思维的训练都可以提高智力,人生阅历和际遇也会影响智力。高智商的人比低智商的人更有创造性,更能产生创意,这是一个普遍的现象。虽然智商不是创意的唯一的来源,但高智商能对创意提供助力。

智力对文学创作的影响,首先体现在记忆能力上。记忆能力是智力的核心组成部分。一个作家早年记忆能力的强弱,决定了其未来实现创意的能力。相比于同龄人,他可能会更快记住很多生僻的文字和词语,他的记忆能力不仅迅疾,而且深刻,乃至于很多词语的意义和写法,能指和所指,他都能记得非常清楚,这可以让他在未来的写作中具备优势,因为他可以信手拈来他需要的词语,以准确表达他想要表达的东西,达到他想要达到的效果。

在文学创作中,智力的组合材料的能力和运用知识的能力能够帮助作家催生其创意。"创造力的重要性在于'能够把旧的信息和理论以一种全新的方式进行组合',以及能够利用'他所能找到的材料做出完全不同的新东西',还具有'改变方向和程序的能力'。个体必须在大多数人还没有意识到的时候形成或发现一个观念的价值。"[①]文学创作也是如此,尽管作者可能面临相同的材料,但是他们处理材料的能力显示出其智力的差别。高智商的人能以一种全新的观念来理解材料,他们对材料的组合方式迥异于常人,往往能够写出更有价值的作品。

智力还体现在分析与评价自己作品的能力上。不成熟的作家,往往不能够客观评价自己的作品,对于自己新写出的作品不能

---

① 罗伯特·斯腾伯格,陶德·陆伯特.创意心理学[M].曾盼盼,译.北京:中国人民出版社,2009:4.

够准确定位,导致过高预估其价值或者贬低其价值。他就可能朝着错误的方向一直前行,写了一些自鸣得意的文章,而读者并不买账;或者恰恰是最能体现其创意的部分,也是读者最希望看到的部分,他反而没有集中用力。"智力的第二个作用是识别新创意的好坏,有效地分配资源,以及完成解决问题的基本步骤,在这个阶段,智力起到分析的作用。"①倘若作家有好的分析能力,他就能够更好地分配自己的经历,更好地构思和铺排文章,关键处重点着墨,这样的话可以大幅度提高其作品的创意和质量。

智力在文学创作中的作用还体现在与读者沟通交流的能力。"智力的第三个作用是实践性——把产品有效地呈现给观众的能力。"②作家具备前置读者意识的能力的话,他就能够更有效地把自己的作品展示给读者,因为他自己会化身为读者,他必须对读者的期待视野有所了解,对市场需求有一定的调研,或者具有一定的直觉和嗅觉。他知道如何最大程度上"讨好"自己的读者,但同时也不降低自己的创作水准。因为读者的标准对他的创意来说,并不一定完全就是悖反的、矛盾的。

灵性指人独特的、非逻辑的领悟能力。相比于智力而言,灵性显得没有规律、不能推衍,它的确时常出现在写作活动当中,比如灵感与顿悟。

灵性贯穿于整个艺术创作活动,是对整个创作活动的维护和支持。灵性不仅存在于"创意生发"的环节,还存在于"写作赋形"阶段;

---

① 罗伯特·斯腾伯格,陶德·陆伯特.创意心理学[M].曾盼盼,译.北京:中国人民出版社,2009:4.
② 罗伯特·斯腾伯格,陶德·陆伯特.创意心理学[M].曾盼盼,译.北京:中国人民出版社,2009:4.

不仅存在于创作的"始发过程"之中,还存在于创作的"继发过程"和"整合过程"之中。开发灵性能够极大程度上提升创作品质。

灵性是创意的本源,可以提供最纯净、最自足、最圆满的创意。灵性是海德格尔所说的"内在珍珠"。在古代文学理论体系中,"性灵说"与我们所说的灵性相似。"性灵说"认为文学应当绝假纯真,彰显真性情,表达至情,一旦伪装或者隐瞒,则失去了文章的灵气。灵性可以为创作提供自然率真的感情,这种感情是真诚的,没有任何做作的成分,往往能够引起读者的共鸣。灵性可以带来对事物本性的理解,即艺术的直觉:一种直接又突然的创意。

灵性如佛学中所说的悟性、觉性,是慧能大师所说的"自性"。自性是每个人内心深处最纯净、最本真的部分,它是生长智慧的地方,它是永恒的,时间不能毁灭它,因为它不曾生长。自性是不能染着的,任何污秽尘埃均不能沾染它,它是不曾动摇的。自性本来就是圆满的、具足的。世人因为心迷,一心向外攀缘,因此不能认识自性。认识自性要向内求法,回归本心。向外看的人在做梦,而向内看的人在觉醒。

在超个人主义心理学体系中,灵性是意识层次中最高的存在,也贯穿于整个意识层次中。灵性是"大精神"在人的意识层面的显现,"大精神"是万事万物的根本规律。人类应该主动培养自己的灵性,通过"寻回"的方式去拥抱"大精神"。灵性的特征是"不二性",超越了二元对立的立场,但又不排斥二元性。

灵性可以提供源源不断的智慧,可以洞穿事物的因果规律,为写作提供结构上的因果合理性。

我们每个人内心深处都存在着这么一种创意的源泉,但多数人却没有意识到它。原始的创意并不需要去向外求索,创意实则是从个体自我中发掘出来的。

# 第三章 创意的过程

美国心理学家 S.阿瑞提认为创意的三个过程是原发过程、继发过程和第三级过程。具有异曲同工之妙的是,马斯洛在研究创造性的时候,提出了创造的三个层次,即原发层次、继发层次和整合层次。在这一章中,我们将创意过程理解为:原发过程、继发过程和整合过程。如果沿用弗洛伊德观念的话,第一个过程相当于潜意识阶段,第二个过程相当于意识阶段,而第三个过程相当于对潜意识和意识的整合阶段。"原发过程给艺术家提供了想象力——也就是提供了表象的能力。它能提供基本素材和松散的组织结构,比如像相似性、暗示、不完全的局部呈现。继发过程对言语、图像或者其他形式当中的许多暗示和局部呈现进行筛选和淘汰。最后,第三级过程参与进来。它作为原发过程与继发过程之间的一个'门闩'或者协调配合,产生同意接受的表示,成了新的统一体创造出来了!"[①]理解了创意的过程,我们就可以在创意的发生、发展、完成等环节发挥我们的主观能动性,而不是被动地等待创意,守株待兔不如织网结罟。

---

① S.阿瑞提.创造的秘密[M].钱岗南,译.沈阳:辽宁人民出版社,1987:243-244.

## 第一节　原发过程

创意的原发过程主要是在潜意识中进行的，其中包含丰富的意象群，也包括结合在一起的内在感觉。这其中有低层自我的力比多和欲望，也有高层自我的灵性和悟性。在它们当中，发生着意识无法认识的状态，因为它们是以潜意识和无意识的状态存在的，使用和意识状态截然不同的另外一套逻辑体系，但是力量十分强大，主导着创作者的意识状态。譬如，力比多主导作者的创作动机，灵性主导作家的创作灵感，等等。原发过程存在的最重要事实就是即兴创作。

创意的原发过程之所以看起来要比继发过程重要得多，那是因为："原发过程作为内容的来源是那样取之不竭、无穷无尽。无论什么不可见到的、说不出来的、无法预料的内容都能以各种方式呈现出来：猝然地、意料不到地，就像一种突现，一道闪光。它们在沉思冥想中、在白日梦里、在松弛状态下、在酒醉和睡梦之中浮现出来；或者是通过有意的努力、联想、外部刺激、动觉感受中产生出来。"[1]原发过程中的内容只要泄露一隅，就足够形成鸿篇巨制，所有的继发过程只不过是围绕这一隅而进行的。

对于创意的原发过程，弗洛伊德和荣格的观点仍然是最具有代表性的。"在弗洛伊德那里，原发过程是精神活动的一种方式，特别是心灵的无意识的活动方式。"[2]弗洛伊德对于原发过程中的

---

[1] S.阿瑞提.创造的秘密[M].钱岗南，译.沈阳：辽宁人民出版社，1987：108.
[2] S.阿瑞提.创造的秘密[M].钱岗南，译.沈阳：辽宁人民出版社，1987：14.

内容,在他早年是持肯定意见的,他认为性本能是驱使人类创作的最基本的动力,由性本能带来的意象、情感等是创意的基本源泉。这种观念在劳伦斯、托马斯·曼等作家那里得以贯彻。原发过程中残缺的、不完美的甚至看起来是黑暗邪恶的元素,并不能简单地以现实世界的道德律令或者价值观念去判断,承认原发过程中的这些残缺片段的价值,这是艺术创作应该具备的态度。倘若能将这些残缺片段和意象、凌乱感情和情绪,转译为能够理解和接受的意象和感情,甚或转译为更加大胆的形式,将促进创意的提升和艺术的升华。

到了荣格这里,原发过程不仅被看成是个体独有的经验,它更是继承先祖的遗传基因,唤醒心灵最深层的记忆。"荣格认为创造过程,至少是艺术创造,是以两种方式来发生的:心理学的和幻想的。……幻想的方式是涉及荣格理论更深内容的方式。在这第二种方式里,内容不是来自生活的课程而是来自超时间的深层,来自荣格所称的'集体无意识'。这种集体无意识是在世代进程中反复发生的原始模型——原始经验的储存。"[①]荣格其至认为,一个作家或者艺术家在创作过程中,他本人对作品已经失去了控制的权利,作品是在与原始经验联结中自发呈现出来的。作者倘若硬性把自己的内容强加给它,必然是狗尾续貂、画蛇添足。只有接受它,让它本然地流露出来,倾泻在文笔和画笔之上,才是艺术家应该遵照的正确方式。因为"创造过程是由原型的无意识活力所构成。与原型联系在一起的原始意象补偿了创造者生活经历当中,甚或创

---

① S.阿瑞提.创造的秘密[M].钱岗南,译.沈阳:辽宁人民出版社,1987:33.

造者所处历史时代精神当中的不足之处与片面之处。"①这就是原发过程的特殊力量。

不管是个体潜意识还是集体无意识,每一个作家都应该积极利用这种原始意象和观念,尽可能地向它们靠拢,这才是艺术创作的不二法门。"创造的精神并不拒绝这种原始的(抑或古老的、陈旧的、脱离常规的)心理活动,而是以一种似乎是'魔术'般的综合把它与正常逻辑过程结合在一起,从而展现出新的、预想不到的而又合人心意的情景。"②如果一个作家的作品中很少出现这种神秘元素,更多的是作家脑海中的概念元素,那么他并不是一个很有创意的人。

## 第二节 继发过程

创意的继发过程主要体现为有意识的思维形式,而其中概念活动又占据最主要的位置。概念活动的形式包括归纳、演绎、分析、总结、归谬等。概念是人们从海量经验材料中提炼出来的核心观念,概念帮助人们把纷繁复杂的经验组织化、条理化。通过概念(间接经验的方式),人们就可以避开直接面对根本不可能处理完的直接经验,更快地进行思考。它是人类意识水平提高的一个标志。

但是概念也有其弊端,因为它远离了直接经验,所以每一个概念的定义,都是建立在种种限制条件之上的。但是,我们这样说,

---

① S.阿瑞提.创造的秘密[M].钱岗南,译.沈阳:辽宁人民出版社,1987:33-34.
② S.阿瑞提.创造的秘密[M].钱岗南,译.沈阳:辽宁人民出版社,1987:15.

并不是说意识中的概念活动在艺术创作活动中一无是处,在实际的文学创作活动中,人们很难区分哪些是概念活动,哪些是直接的感受经验。概念活动在艺术创作活动的第一种表现是:"人们收集材料,找出材料之间的联系。这种联系常常是建立在空间或时间上的相互接近的基础上。"①这是文学创作的基本原则之一——转喻性原则,转喻性原则就是建立在最基本的毗邻性之上。而文学创作的另一个基本原则是——隐喻性原则,概念活动也越来越多地参与到了隐喻性原则中,当我们提到一种最传统的隐喻时,梧桐与忧愁、海棠与明媚、鸿雁与思念,等等,这些其实已经形成了概念对照,而不仅仅是形象对照。

在马斯洛看来,高峰体验是创意的原发过程,但是,"伟大的作品不仅需要灵感、高峰体验,它还需要勤奋的工作、长期的训练、无情的批判、完美的规范等。换句话说,在自发性之后是深思熟虑;在接纳之后是批判;在直觉之后是严密的思维;在大胆行动之后是警觉;在幻想和憧憬之后是现实的考虑"②。这个过程已经从那种狂喜和激动中恢复过来,冷静的思考、分析、评估、筛选取代了才思泉涌和文笔如飞。

不过,在 S.阿瑞提看来,其实概念的性质包含限定性和不限定性,而恰恰在艺术创作过程中,不限定性的那一面更能促进创意。作家往往有一种恒久的忧患,即言不成文和词不达意,因为很多概念没办法说清,存在着极其模糊的一面,往往是言有尽而意无穷。但恰恰是这种模棱两可性,往往更能打动人,让人觉得意犹未尽,

---

① S.阿瑞提.创造的秘密[M].钱岗南,译.沈阳:辽宁人民出版社,1987:12.
② 马斯洛.动机与人格[M].许金声,等,译.北京:中国人民大学出版社,2007:208.

这也是创意的一种形式。

文学创作、艺术创作等和概念意识形式有关,但往往又对概念意识形式作规避,和科学意识有一定的区别。概念在文学创意活动中的作用有限,但感觉这种意识形态却是极为活跃的。文学创作往往回应的是最直接的生活体验,正如维·什克洛夫斯基所说的"陌生化"的经验,如第一次触摸石头的感觉。"正是为了恢复对生活的体验,感觉到事物的存在,为了使石头成其为石头,才存在所谓的艺术,艺术的目的是为了把事物提供为一种可观可见之物,而不是可认可知之物。艺术的手法是将事物'奇异化'的手法,是把形式艰深化,从而增加感受的难度和时间的手法,因为在艺术中感受过程本身就是目的,应该使之延长。艺术是对事物的制作进行体验的一种方式,而已制成之物在艺术之中并不重要。"[1]因此,倘若过分强调概念意识,强调文学创作的某些观念先行,可能对文学创意和文学性反而是一种伤害。

在文学创作活动中,每一个作者或多或少还是秉持着某种观念进行写作的,这也是流派产生的原因,因为他们的写作观念重合了。但尽管如此,我们依旧认为观念还是通过形象和意象来体现的。维·什克洛夫斯基所说的"陌生化",其实就是具体化为某个形象或意象,把概念落实到这类形象和意象之上。"诗人往往放弃概念而让感觉来支配自己——亚里士多德认为,一个人后来所要形成的任何观念,都是以感觉为起点的。可是哲学家是从感觉到概念,而诗则好像是朝着相反的方向走。换句话说,正是有关的概

---

[1] 维·什克洛夫斯基.散文理论[M].刘宗次,译.南昌:百花洲文艺出版社,1994:10.

念结构导致了诗人走回到感性的经验。"①概念是一种十分抽象的认识世界的方式,而感觉是一种十分具象的认识世界的方式,两者的指向和维度虽然不同,但是在艺术创作活动中,两者缺一不可。我们认为,文学作品的感觉,实则也并不一定是最原始、最粗糙的感觉,也有可能是概念升华后对事物的再认识过程中产生的新感觉。

## 第三节 整合过程

创意的第三个过程是对原发过程和继发过程的有机整合,我们称其为整合过程。整合过程最终实现了文学作品的完整形态,它不仅是对前两者的机械相加,还能实现创意的再一次根本升级。"我们谈到的是整合的能力,是在人的内部反复整合的能力,是把他在世界上正在做的一切整合起来的能力。创造性在一定程度上能依靠人的内部整合能力了,它就成为建设性的、综合的、统一的整合的创造性了。"②对于格式塔心理学而言,在文学创作这种艺术心理活动中,创意并不仅仅是那些附带着创意因子的心理元素的机械相加。"完形"的作品本身是一种综合的心理元素的结果,不仅是材料本身,还包括材料之间的联系,这种联系甚至是无法解释的,它们千丝万缕地交织在一起,黏合在一起,成为一体,最终实现了的创意,远远大于其中任何一个部分的创意心理元素。

根据我们对文学创作过程的体验和观察,创意过程中诸如感

---

① S.阿瑞提.创造的秘密[M].钱岗南,译.沈阳:辽宁人民出版社,1987:195.
② 马斯洛,等.人的潜能和价值[M].林方,译.北京:华夏出版社,1987:248-249.

觉、直觉、感情、情绪、情感、记忆、经验、意象等心理元素,它们之间存在着的联系,至少体现在以下四个方面:前两种联系是上节中所说的毗邻性原则和隐喻性原则,后两种则为趋合性原则和趋分性原则,这是格式塔心理学对于创意过程的观察经验。

第一,毗邻性原则。当我们接触某一部分材料时,总是能够习惯性地唤起与之接近的相关材料的感受。比如我们看到一支笔,就想起了这支笔的主人;看到一只手镯,就想到了佩戴这只手镯的女子。在文学创作中,这种联想性所产生的毗邻性原则是普遍存在的。以毗邻性为依据的创作不乏经典名句,如"落霞与孤鹜齐飞,秋水共长天一色"。

第二,隐喻性原则。当我们接触某一部分的材料时,如果没有联想到与之接近的事物,那么我们很可能联想到与之相似的事物。比如诗歌和小说当中大量存在着的比喻关系,一汪静水像是一面明镜,红粉桃花像是女人的脸庞,等等。这种隐喻关系所带来的相似性的描写,在文学中的应用几乎是最为广泛的。一个妙喻足够成为经典,如"人群中这些面孔幽灵般显现,湿漉漉的黑色枝条上的许多花瓣"。

第三,趋合性原则。对于一个完整的作品来说,局部的感觉、局部的成分可以让人获得完全的整体觉知。比如在《追忆似水年华》中,一个玛德莱娜糕点所带来的味觉体验唤醒了主人公马塞尔一生的回忆,这一生的回忆就在那一瞬间完全爆发。我们把这些局部的感觉和成分称为作品的"枢纽",即巴赫金所说的"时空体"。它们唤起的不仅是对时间性的体验,还有对空间性的感受。

第四,趋分性原则。对于一个完整的作品来说,整体的感觉又可以使人感受到每一个部分分化的趋势。比如福克纳的小说《喧哗与骚动》,一个整体的故事由不同的人物来讲述,讲述的角度不同,每个人物的立场、体验方式都完全不同。昆丁、杰生、班吉、女仆,对于凯蒂堕落的事实产生了不同反应。但是故事本身又是一个完整的存在,读者可以对故事进行多维度的解读,这种分化趋势,就是每个人对于故事的不同态度。类似的趋分性原则在多声部的复调小说中体现得都非常明显。

马斯洛认为不仅艺术创作需要整合过程,伟大的哲学、科学和发明等都源于这种整合的创造性。他认为这种整合过程是人类内在的、自然的趋向。"我想,所有这些发展的结果可以被总括为创造理论中对整合(或自我连续、统一、一体化)的角色越来越多的强调。把'二分'消融成更高层次、更具包容性的统一体意味着要弥合人内在的分裂并使他更加统一。"[1]我们认为,整合过程不仅是人类自我将内在"二分"进行整合,同时,如果考虑到专业知识因素的话,还是对更广泛的人类共有经验进行整合的过程。一个作家自我内在的原发过程和继发过程固然是重要的,但是到了最后的整合过程,作家的知识背景开始发生作用,他的文学积累和学养、他对文学趋势的判断、他对某个领域独特的兴趣和探索发挥了一种整体效应。

创意的三个过程是有机组合在一起的,在实际创作过程中并不是泾渭分明的。有些创意没有原发过程和继发过程,直接进入最终的整合过程;有些创意一开始并没有原发过程,而是从继发过程开始的,但在写作过程中,唤起了原发过程;有些创意的原发过程就完全包含继发过程和整合过程。这些都是创意这个"顽儿"本

---

[1] 马斯洛.动机与人格[M].许金声,等,译.北京:中国人民大学出版社,2007:205.

身固有的变动不居的特性。据我们对文学作品的体验来看,倘若一件作品,只存在原发过程的创意,而没有继发过程的创意,那么这件作品包含的乱象和呓语很可能不被人理解;而有些作品只存在继发过程的创意,而没有原发过程的创意,那么这件作品很可能失去了鲜活的气息,读者只能读出生硬的观念,而对作品无法产生亲密感受。就当前对文学创作普遍的认识现状来看,人们似乎对于原发过程是漠视的,是避而不谈的,但我们主张必须通过一些特殊手段(如冥想)去接触创意的源泉,开启原发过程,继而回归继发过程的逻辑链条,对意象等加以整理和改造,最后通过整合过程的判断和筛选,在形式和内容上彻底完成这件作品,如此方能得到真正意义上的创意。

# 第四章　创意的障碍

创意的障碍主要包括技术障碍和心理障碍,而心理障碍比技术障碍的影响更大。创意的心理障碍包括自卑心理、自责心理、拖延心理和焦虑心理。自卑心理打击作家的自信心,使他怀疑自我的语言能力,使他丧失成为作家的勇气。自责心理以批评家的内在声音,不断摧残作家自我身份的认同感。拖延心理影响创作的执行,很多创意有原发过程,没有继发过程,消磨于拖延当中。焦虑心理严重影响作家的整个身心状态,耗费他的精神能量,使他不能完全集中于创作行为。这几种创意障碍相互影响,自卑是拖延的原因之一,也是焦虑的原因之一;拖延是焦虑的原因之一,也会加剧自卑;焦虑带来拖延和自卑,严重影响作家的创作生涯。

## 第一节　自　卑　心　理

什么是自卑？奥地利心理学家阿德勒曾经对自卑情结下过一个定义:"所谓自卑情结,是指一个人在面对问题时无所适从的表现。"[1]自卑者已经丧失自信,丧失行动能力。这种无所适从感也经常发生在作家身上,尤其是那些写作起步者。

---

[1]　阿德勒.自卑与超越[M].李心明,译.北京:光明日报出版社,2006:47.

自卑感作为影响创意的障碍之一，严重阻碍作家的发展，甚至将一大部分人拒于写作门外。对于那些刚刚踏入创作领域的人来说，创作这种行为是全新的。他们尚没有形成独特风格，他们对自己的探索感到战战兢兢，对自己讲故事的能力产生怀疑，他们对自己的故事结构、开局和结尾等诸多方面都还没有形成足够的自信。于是，他们经常试图寻求他人给予积极评价，或朋友和同学，或长辈和专家。他们希望别人能够读懂他的意图，欣赏他的心思，然而，令他们失望的是，他们得到的结果往往是批评多于褒奖，"误读"多于他们的原初意图。他们刚刚对世界敞开心扉，刚刚卸下心理上的防备，在最敏感最脆弱的时候，即便是中肯客观的负面评价也会给他们带来深深的打击。他们心中的火苗才刚刚点燃就被一盆凉水浇灭，他们的梦想之轮才刚刚启航就遭遇了一场暴风雨。于是，他们开始自我怀疑：自己到底适不适合写作？有没有写作能力？一些"天赋论"的论点或者调子一再宣扬写作本来就是某些天才的职业，至于那些才质平庸之辈最好尽早退出写作的殿堂。如此一来，很多人还没有开始写作，或者是刚刚起步，就丧失了写作的勇气。

鉴于此，我们需要分析自卑的来源到底是什么。

自卑感往往始于童年时代，因为儿童多是软弱的，他们的一举一动都要受到大人的支配，当他们的啼哭和逆反开始变得无济于事时，他们转而迎合大人以博取更多的爱，这表明，他们不自觉地察觉到了自己的被支配的地位。在大人面前，他们是弱者，这种自觉意识使他们第一次感到自卑。当他们的啼哭行为不再有效后，很多儿童倾向于另觅他途，采取听话或者欢笑的行为，这是比较健康的状况；但还有一小部分儿童倾向于逃避的行为，这种逃避在以后的生活中持续发展,每每遇到困难后便避开困难,不予正面回应,不能果断采取行动,导致一种行动上的无力感,进而形成了一种神经质的倾向,这就是自卑情结的最初来源。

阿德勒认为,自卑感多发于官能障碍的儿童和童年被忽视的儿童。我们知道,很多作家往往都有创伤性的童年经验,而官能障碍儿童和童年被忽视的儿童往往有这些创伤性的经验。如果这些创伤性的经验得不到很好的对待,没有在成长的过程中及时化解,那么这些经验即有可能演变为心理疾病。然而,有意思的是,真正成就作家的,恰恰是这些创伤性的经验。"几乎在所有杰出者的身上,我们都能看到某种器官上的缺陷。因此,我们能够得到一种印象:他们在生命开始时便命运多舛,可是他们却顽强地克服了种种困难。特别值得注意的是,在儿童时期就吃苦耐劳地训练自己并培养兴趣。他们磨炼着理性,使之能够应付世界上的各种问题。我们可以断言:他们的成就和他们的天才是他们自己创造出来的,而不是遗传或上苍的赐予。他们的努力奋斗,使得后世能分享其余荫。"[①]很多作家以写作这种行为,通过诉说和表达,克服了这些创伤性的经验带来的负面困扰,避免了沦为心理病患者。

因此,自卑也恰恰可能成就写作。自卑者往往不善于社会交际,他们缺乏归属感。由于早年来自家庭的不理想关系,导致他们往往不愿意与人合作,做事单枪匹马,这便是年轻作家最为崇尚的"独自上路",似乎自卑反而成就了他们的独立与倔强,推动了他们的独特人格,大大延缓了他们的社会化,反而更多地保留了他们的天性和童心,这对写作倒是大有助益的。

---

[①] 阿德勒.自卑与超越[M].李心明,译.北京:光明日报出版社,2006:223.

但是,这并不是说作家们一开始就天然具备超越自卑的能力,很多作家一路都在与自卑博弈,并在最终意义上超越了自卑。让我们还是回到初写者这里来,如果他没有获得支持的力量,他一开始并没有能力战胜自卑。如果他的作品不能得到认可,不能发表,也得不到批评家的欣赏,甚少得到读者的关注,他或许会觉得他写的这一切不过是废纸,他全部的写作热情也就消磨殆尽,最终丧失写作动力。如果这个作家恰好被自卑心理所困扰,那么他可能会患上忧郁症。"如果一个人遭遇挫折而感到沮丧,他会回想起过去失败的例子。例如忧郁成性,他的所有记忆都会带有忧郁的色彩。"①忧郁又会导致行动力的丧失,他所选择的,正如他一如既往所选择的那样,避免行动即避免失败的危险,从而放弃写作。

文学史上也有大量例子表明这类人在孤独之中承受了更多的痛苦。他们虽然能在孤独之中更深地面向自我,然而与社会与他人却日渐疏离。这其实是因为:"自卑的人反倒用一种优越感来自我陶醉,或者麻木自己。同时他的自卑感会越积越多。如果造成自卑感的情境一成不变,问题也依旧存在,他所采取的每一个步骤会逐渐将他导入自欺之中,而他的各种问题也会以日渐增大的压力逼迫着他。"②他们的社会适应性不断降低,病态程度则愈演愈烈。

于是我们知道,自卑心理固然对作家有一定的助益,但在根本上对作家及其写作是有损害的。它耗费了作家大量的心理能量,作家在写作的同时,必须拿出足够的能量去对抗自卑。另外一点

---

① 阿德勒.自卑与超越[M].李心明,译.北京:光明日报出版社,2006:67.
② 阿德勒.自卑与超越[M].李心明,译.北京:光明日报出版社,2006:46.

更为关键,它让作家变得更加自闭。"他如果觉得自己软弱,他宁愿跑到能使他觉得强壮的环境里去寻求庇护,而不是想办法把自己锻炼得更强壮、更有适应能力,他认为自己若是付出努力只能获得部分的成功。"①过于自闭的作家对生活、对他人的判断往往会出现偏差,他遵照已有的经验和记忆,常常以往常不健康的思维模式来应付当下的生活,显现出一种与年龄不符的幼稚,如此他的作品也不可避免地出现一些判断上的偏差。

那么,作为一名作家,他到底要如何克服自己的自卑感,在健康的道路上写作呢?

我们知道,追求优越感是大多数人的共性,也是促进人类发展的核心动机之一。"在从事每一件人类的创作之后,都隐藏有对优越感的追求,它是所有对我们文化贡献的源泉。"②作家们以自己独特的方式,为人类精神文化作出贡献。

在这里,我们要慎重地说,很多优越感是畸形的、有害的。"他们已经默认了自己的软弱和无能,他们隐藏起来而不为人所见的,则是超越一切、好高骛远的目标和不惜任何代价凌驾别人的决心。"③毋庸讳言,很多作家都存在着这么一种畸形的优越感。路遥在获得茅盾文学奖之后,对好友贾平凹说:"现在终于把他们都踩在脚下了!"路遥有其伟大之处,然而这句话表明他也是一位自卑情结的受害者。"人类的整个活动都沿着由下到上,由负到正,由失败到成功这条伟大的行动线向前推进的。然而,真正能够应付并主宰生活的人,只有那些在奋斗过程中,能表现出利人倾向的

---

① 阿德勒.自卑与超越[M].李心明,译.北京:光明日报出版社,2006:47.
② 阿德勒.自卑与超越[M].李心明,译.北京:光明日报出版社,2006:61.
③ 阿德勒.自卑与超越[M].李心明,译.北京:光明日报出版社,2006:48.

人,他们超越前进的方式,使别人也能受益。"①路遥在其伟大的作品中,表现出的对平凡人物的关怀,使其真正在写作中完成了自我救赎。他能够超越狭隘的自我,通过自我奋斗,通过写作这种行为,超越其自卑。

克服自卑,首先要在思想上不能自我封闭,要彻底打开心扉,要认识到在这个社会上生存,很多事情是可以通过与他人协作的方式完成的。很多作家的创作始于自卑,把自己封闭起来,躲藏起来,但是他们通过在作品中关注他人的命运,理解他人的思想、情感、行为,超越了狭隘的自我,展现更广泛的关怀,最终克服了自卑。

由于自卑感的一个重要原因是缺乏与他人协作的能力。因此,我们认为,受自卑感困扰的作家应当与他人进行合作,参加工作坊,在合作完成作品的过程中体验成就感,逐步克服自卑。了解他人的悲伤和喜悦,将关注点从自我转移到他人身上,从而以同情心和同理心来战胜自卑。根据这一思路,我们引入心理学中的会心团体法来克服自卑情结。

会心团体法就是试图运用一个温馨的、没有防御的小团体的能量来化解心理上的自卑情结。这个小团体可以形成一个和谐融融的场域,可以为小团体中的个人营造开放的环境,小团体中的成员可以通过一些设定的交流方式,来实现相互之间的沟通,进而走出自我,化解心结,实现共赢局面。其理论基础来自格式塔心理学和勒温的团体动力学。它集中于通过绘画、交谈、接触等方式,坦率表达,真诚相待,沟通人际关系,缩短心灵距离。创意写作工作

---

① 阿德勒.自卑与超越[M].李心明,译.北京:光明日报出版社,2006:61.

坊可以引入会心团体的一些方法,化解创作者之间的心理隔阂,从而产生与会心团体方法相似的效果。

## 第二节 自 责 心 理

自责是作家自我怀疑的一种表现方式,它影响到作家自我身份的认同。创作是一项寻求认同的活动,如果没有得到相应的认同,作者会感到沮丧或失望。

萨特在《为什么写作》一文中说过:"只有为了别人,才有艺术;只有通过别人,才有艺术。既然创造只能在阅读中得到完成,既然艺术家必须委托另一个人来完成他开始做的事情,既然他只有通过读者的意识才能体会到他对于自己的作品而言是本质性的,因此任何文学作品都是一项召唤。写作,这是为了召唤读者以便读者把我借助语言着手进行的揭示转化为客观存在。"①因此,任何作者都会有意或无意地关注读者及批评家的反应。对于初尝写作的人是这样的,对于出道多年的作家也是这样的。然而,读者和批评家的声音对于成熟作家的影响微乎其微,对于那些刚刚出道的作家来说,却影响甚大。

对于刚刚出道的作家来说,批评家的声音关乎他的写作能否坚持下去。因为批评家的声音会转化为作者的自我批评心理,自我批评往往会转化为自责。一个作家不可能一边自责,一边创作;一边怀疑自己写下的文字,一边还要继续写下去。

---

① 王宁,等.诺贝尔文学奖获奖作家谈创作[M].北京:北京大学出版社,1987:304.

批评不是建设性的,哪怕是最温和的批评。创作是从无到有的一个过程,是建设性的活动。批评是基于创作成果提出的修订意见或者否定意见,对初写者的心理产生负面影响。其原因是,最优秀的批评家往往都是根据别人的作品谈自己的东西,批评家本质上是要背离作家而不是要向作家靠拢。因为批评家必须发出自己的声音,至少取得与作家平等的地位,批评家注定是要和作品分道扬镳的。但在形式上,批评又要和作品很亲密,所以批评家必须绕开作品,独辟蹊径。批评家的思维往往是辩论者的思维,采用的是缜密的理性思维,而不是艺术家所采用的感性思维。批评家往往是就证据攻其一点,不及全面。作家及其作品倘若在某个方面有所欠缺的话,批评家就会抓住这一点进行批判。

批评家采用的标准不一定能够适用于那些最前卫的探索。萧伯纳在《为什么批评家老爱出错》一文中指出:"正是天才的首发使批评家们陷入了错误。批评家们对程式如此熟悉,以致后来他们对自然发展的戏剧无法欣赏或理解,恰如他们不可能赞美米洛斯的维纳斯,只因为她没戴胸罩,也没穿高跟鞋。他们就像那些闻惯了大蒜味的农民,一旦你给他吃不带大蒜味的食品,他们硬说是没味道,说那根本不是食品。"[1]所以,一些作家对批评家采取的是鄙夷的态度。福克纳在《创作没有捷径可走——答记者问》一文中,也表达了类似的观点:"艺术家可要高出评论家一筹,因为艺术家写出来的作品可以感动评论家,可评论家写出来的文章感动得了别人,可就是感动不了艺术家。"[2]有意思的是,贝克特的戏剧《等待

---

[1] 王宁,等.诺贝尔文学奖获奖作家谈创作[M].北京:北京大学出版社,1987:55.
[2] 王宁,等.诺贝尔文学奖获奖作家谈创作[M].北京:北京大学出版社,1987:187.

戈多》中，两位主人公爱斯特拉冈和弗拉基米尔相互谩骂，当爱斯特拉冈骂到"批评家"一词时，对方哑口无言。贝克特对批评家也深恶痛绝，乃至于再也想不出比"批评家"更恶毒的词了。

批评多是理性思维、逻辑思维，而创作更多的是感性思维、直觉思维，虽然创作过程中也包括大量的理性思维、逻辑思维。文学理论是概念思维，而不是意象思维。概念是抽象化的，文学创作往往又是具象化的。作家在创作的时候，眼前仿佛出现一个个人物、一个个场景，它们是如此清晰，就像是挂在眼前的一张张绘画；而存在于批评家印象中的是观念，是抽象的概念符号和逻辑体系。

因此，批评家所执的标准和作家所执的标准可能是两套标准，必然有所偏差。当然，批评家的声音对于这些声名远播的大作家来说，影响微乎其微。但是对于那些刚出道的作家来说，简直就是噩梦，有时简直像是一张判决书。"没有写作天赋""会不会写作"之类的言辞，将初写者隔绝在写作的大门之外。

这些批评的声音往往可能转变为作家的自责，正如我们之前所说的那样，创作是寻求认同，作家不可能不关注读者和批评家的意见。这些意见若有一部分参与到作家的创作环节，就会让作家投鼠忌器，不知所措。他既想考虑按照自己的初衷写下去，又要考虑按照别人的意见写下去，他左右为难，陷入疲沓，严重阻碍了他的创作活动。"作家的自责经常是一个阴险的敌人，且很难被击败。审判者似乎总是将自己置于道德高地上，他们拥有火箭发射器和铁丝网方阵，很难被打败。"[①]这就是作家的自责何以根深蒂固

---

① 赫弗伦.作家创意手册[M].雷勇,谢彩,译.北京：中国人民大学出版社,2015：20.

的原因,因为作家身上不仅有一个创作者,还内藏了一个批评家。

克服自责心理,驱除自我批评及批评家的声音,这是保护不成熟的灵感的需要。当初写者刚刚有一个不成熟的灵感和主意时,首先不能受到批评家的影响,这个时候需要暂时摒弃批评家的那些说辞,隔绝批评家的声音,拒绝那些程式和套路。"早期草创阶段不是批评家该待的地方。如果他坚持干扰你写作的话,尝试不要和他正面对抗,而是要觉察到他的声音,把他命名为批评家,让他先离开一会儿。"[①]作家务必清楚一点,作品的主导方是自己,自己对作品享有绝对的主导权。他刚刚形成的观点、灵感、想法可能有失偏颇,可能很激进,也可能很保守。但是,有不成熟的想法总比没有想法好,总比还没有动笔就将这些想法扼杀在摇篮里要好得多。不成熟的想法可以提升为好想法,不成熟的想法可以催生出好想法。事实上,很多初期的想法都只是一个雏形,都是不成熟的,作家灵感来临的一刹那,也只是在随身携带的笔记本上匆匆记下寥寥数笔。每一个想法都只是一个过程,会一直改变,一直深化。所以,当作家还没有真正意义上开始写作时,一定要保护自己的灵感。初尝写作的人只有我行我素,初生牛犊不怕虎,才能有效地保证其创意。

自责心理的另外一个来源不是作品本身,而是作家本人的生活责任。写作在很大程度上被认为是一项自私的职业,因为这种职业看起来似乎没有尽到家庭责任和社会责任。作家忙于写作,总是在伏案工作,那么打理家庭、照顾老幼的责任自然落在了伴侣的身上,这让作家看起来似乎是在推卸家庭责任。与此同时,很多

---

[①] 赫弗伦.作家创意手册[M].雷勇,谢彩,译.北京:中国人民大学出版社,2015:18.

专职作家看起来像是自由职业者,尤其在他的收入尚不稳定甚至入不敷出的情况下,往往被认为不务正业。那么在这种情况下,别人看待作家的眼光就有可能是作家自责的原因。就这一点而言,如果作家感到自责,恰恰说明了作家的良知所在,既然有所选择,就必须要有坚持下去的勇气。如果真正痴迷于写作,他也一定需要得到家庭的理解。

作家需要对自我的身份形成认同,批评家的攻讦是作家必须要面对的,但不能因此而产生自责心理,从而影响写作。另外,作家身份可能在家庭责任上有某种程度的让渡,但是作家在根本上会以写出好的作品来完成其社会责任,这些作品为整个社会提供了美育价值。

## 第三节　拖　延　心　理

拖延对于创作和创意来说是一个很大的障碍。我们经常见到很多作者被拖延打败,最终很难完成独立的作品。他们往往停留在构思阶段,或停留在起笔阶段,或停留在写作过程中,甚或是初稿完成,但不愿意继续修改。往往是有了灵感,没有坚持;有了框架,没有充实;有了创意的原发过程,却没有了创意的继发过程。每当他们停笔的时候,他们就想创作;每当他们提笔的时候,又失去了动力。这就是拖延在创作中的典型表现。

大部分人认为拖延是时间管理能力比较差的表现,或是缺乏意志力的表现。实际上,拖延是一种非常复杂的心理现象。"拖延的情绪根源涉及内心感受、恐惧、希望、记忆、梦想、怀疑以及压力。但是很多拖延者并不能识别所有这些活跃于表面现象之下的情绪波动，因为他们利用拖延来逃避不舒服的感受。"①对于心理活动较平常人更为活跃的作家来说，拖延产生的概率更大，因为作家的心理感受更丰富，承受的压力比普通人更大。

导致拖延的原因很多，包括作家本身的生物遗传、其家庭情况、其所在的社会关系以及阶级层次等。一个人或许经常为自己在家庭和社会中的位置感到忧虑、不满。然而，上述这些原因在作家的身上都有其独特性。除此之外，拖延还有一些普遍性的原因。

我们会很轻易地发现，拖延者往往做事信心不足，怀疑自己的能力，自卑正是导致拖延的原因之一。有些人虽然自卑，但往往又不愿意承认自己的自卑，而是以一种自傲心理来取代自卑心理。他们觉得写作应当是轻而易举的事情，只是没有花足够的精力去做这件事情罢了；如果他们决定要从事写作的话，那么一定会做得很好。然而有了这样的借口，他们很轻易地丧失了写作的动力。

拖延的人还有另外一种心理，那就是不愿意服从别人的意志，对他们来讲，如果按照别人的意志生活，那就等于失去了自我，这一点是拖延者最不能忍受的，他们最不愿意妥协。于是，我们会发现，初习写作的人，由于经济不能自主，或发掘题材的能力有限，所以往往会被安排一些"命题文章"。在现实层面，他们不得不去写这些，然而在骨子里，他们却是抵触的，这是导致他们拖延的一个原因。总之，他们自卑却又不愿意承认自己的无能（在没有系统训练，没有坚持写作的情况下，任何人的写作能力都是有限的，除非他是绝对意义上的天才，但这种天才几乎不存在），取而代之的是

---

① 简·博克，莱诺拉·袁.拖延心理学[M].蒋永强，陆正芳，译.北京：中国人民大学出版社，2016：6.

一种虚假的自尊和自傲,由于这种虚假的自尊,导致他们不愿意顺从他人安排的题材,而自己又缺乏发掘素材的能力,这一切都严重阻碍了他们的创作生涯。

拖延者心中有很多根深蒂固的错误观念。他们往往务求完美,是典型的完美主义者。在写作中,他们认为自己一开始就要写出完美的诗歌,希望自己的作品足以和名家媲美。他们认为任何文字、意象和句段在他们那里都应当是信手拈来、不费吹灰之力的,他们的稿件可以轻易达到发表要求,至少在没有弄清楚写作的艰难之前,他们多半会这么想。"完美主义是压制者的代言人,是公敌。它会逼疯你,束缚你一辈子,而且它是你和拙劣初稿间主要的障碍。我认为完美主义建立的基础,是一味相信只要自己的步伐足够小心,稳稳踏在每个垫脚石上,就不会摔死。但实情是你终究难逃一死。"[1]他们的预期过高,不够现实,没有客观评价自己的现状,而现实情况使得他们处处碰壁。这也是导致他们拖延的原因。

写作者当然希望有朝一日可以功成名就,然而他们的心理却不是追求成功,而是逃避成功。写作是一项特殊的职业,在普通人看来,这项职业似乎是"无所事事""不务正业"的。大多数家庭是不大支持这一职业的,他们更希望自己的孩子去从事商业活动或者自然科学事业。当写作者的观念与自己家庭的观念发生冲突时,他们往往会产生内疚感。他们并不相信自己有足够的权力去选择自己的职业生涯,脱离了家庭支持的话,他们更没法相信自己

---

[1] 安妮·拉莫特.关于写作:一只鸟接着一只鸟[M].朱耘,译.北京:商务印书馆,2013:51.

在写作事业上可以取得成功。于是,当拖延者独自工作时,一种深深的孤立无援的空虚感会向他们袭来。他们一方面要从事写作活动,一方面还要克服写作活动所带来的负疚感,这就让他们难以承受。这也是拖延心理产生的一个原因。

长此以往的话,拖延使得这些初写者越来越无法在写作中获得自我价值。拖延者倾向认为,自我的表现可以反映出自我的能力,而自我的能力又等同于自我价值。他们在写作中表现欠佳,导致他们只能怀疑自己的能力,最终也导致自我价值的丧失。于是,这又反过来加剧了他们的拖延。"在所有无序和拖拉的背后,他们其实在害怕他们不被接受,以至于他们不仅躲开了这个世界,甚至还躲开他们自己。虽然要忍受自责、自轻和对自己的反感是相当痛苦的,但是比起去看清真实的自我所带来的脆弱和无地自容,这样的感受或许更能够被承受得起,拖延是保护他们的盾牌。"[1]我们可以看出,拖延心理会阻碍写作者的发展和进步,他因为害怕失败而不敢采取行动。

如果我们对拖延心理稍加分析的话,便可以看出拖延心理的症结所在。拖延者认为表现等同于能力,但表现与能力之间有一个非常重要的因素,那就是努力和行动。如果没有努力和行动,自然不可能获得处理事情的能力。如果不去写作,自然不会具备处理写作卡壳的能力。"拖延"切断了能力和表现之间的联系,使得他们得出了错误的结论,认为自我的表现一定等同于能力,自我的能力一定等同于自我价值。而实际上,努力去写才能赢得更好的

---

[1] 简·博克,莱诺拉·袁.拖延心理学[M].蒋永强,陆正芳,译.北京:中国人民大学出版社,2016:18.

表现,自我表现和自我能力之间需要加上"努力"二字。

其实,拖延者十分在乎自己对于生活的主导权,他们以"拖延"的方式来证明"我的生活我说了算",从而试图赢回自我价值和自我尊重。这就是拖延心理根深蒂固的原因:一种对于生活取得控制权的冲动。这就带来了一个严重的问题:如果不能够控制自己的生活怎么办?这是拖延者最担心和恐惧的问题,因为这个问题激起了拖延者深深的恐惧。对于写作而言,拖延者并不是在逃避写作任务,他们逃避的是这个任务所引发的无所依凭的感觉。除此之外,"拖延会造成一些内在的后果:觉得自己不够胜任、悲伤、负疚、欺骗感、恐慌以及一种从来未曾尽情享受生活的感觉"[1]。即便这个作家能够在一定程度上克服拖延,或在一定程度上取得了较高的成就,但是在这个过程中,他背负的重担远远大于他成功的喜悦,这逐渐破坏了他在写作活动当中取得的成就感,他也就无法得到根本的满足。

我们之所以认为拖延对于创意的产生来说是一大障碍,还有一个原因,那就是拖延所带来的恐惧和压力对一个人的脑部,尤其是海马体具有负面影响。"海马体对压力是毫无招架之力的:长期处于皮质醇压力荷尔蒙的高分泌状态下会损伤一个人的海马体。"[2]如果拖延导致的压力产生了神经性质,就会发展为病变性质,这不仅对于写作是有影响的,而且对于作家的整个生命都是有影响的。

---

[1] 简·博克,莱诺拉·袁.拖延心理学[M].蒋永强,陆正芳,译.北京:中国人民大学出版社,2016:145.

[2] 简·博克,莱诺拉·袁.拖延心理学[M].蒋永强,陆正芳,译.北京:中国人民大学出版社,2016:86.

根据我们对拖延的了解，发现拖延者内心深处有完美主义倾向，他们害怕失败，与其承受失败的痛苦，不如不要开始。他们害怕去经历，其实是惧怕接受不完美。但事情只有在一点一点的进程中才会趋向完美，没有行动，就不可能完美。所以，如果写作者设立可操作的、务实的、分解的写作目标，一点一点地积累，那么可以有效地改善拖延的情况。

为了克服拖延，写作者必须不断暗示自己的写作目标是具体的，而不是模糊的；是现实的，而不是理想的；是将大目标分解的小目标，而不是最终的目标，最终的目标是由一个个小目标叠加起来的。日本著名长跑运动员山田本，数次夺得世界冠军。每次在长跑之前，他先要熟悉路段，把一整条赛程分解成若干个路段，他在心里计算好要在多长时间内到达第一个目标，在多长时间内到达第二个目标，如果第一个目标没有达成，绝对不会考虑第二个目标。在1984年国际马拉松邀请赛上，他力压强敌，夺得了马拉松冠军，成为亚洲人的骄傲。

写作也是如此。一部鸿篇巨制不是一朝一夕就可以完成的。安妮·拉莫特在《关于写作：一只鸟接着一只鸟》中提出的核心思路就是："一只鸟接着一只鸟，伙伴，只要一只鸟接着一只鸟，按部就班地写。"① 写作其实是要完成一段段"短文"，这些"短文"可以是一个场景描写、一场对话描写、一个故事背景介绍、一个任务肖像描写、一个任务行动描述等，久而久之，日积月累，将这些"短文"有机排列组合，删改修整，最后就完成了长篇巨著。

---

① 安妮·拉莫特.关于写作：一只鸟接着一只鸟[M].朱耘,译.北京：商务印书馆，2013：41.

如果在写作中遇到真正的卡壳，那么可以通过"自由书写"的方式来推进。放下所有的写作任务，放下所有的计划、人物等，在规定的十分钟内，将所有的思想和念头一气呵成地写下来，不要进行任何回顾和评价，也不要担心语法错误和标点符号问题，更不要考虑这个过程有什么意义，这些文字有什么意义，这是一种帮助你进入潜意识的途径，在你自己都不知道负面情绪和拖延情绪从哪里来的时候，你的潜意识也许比你自己更加清楚。自由书写的目的不是要产生成熟的作品，而是要激发出写作的动力。在自由写作过程中，可以发现你内心真正的抵触源头，从而改善你的处境和负面心态。其实有诸多事实表明，很多人自由写作中形成的文字，经过改善和提炼，反而成了经典篇章。

　　如果你觉得"自由写作"的方式并没有帮助到你，那么不妨停下笔来，进行正念练习。正念指的是时时刻刻对周围的一切，包括环境、事物、人以及气息等保持敏锐的觉察。"这种方式对拖延者特别有用，因为它所强调的重点就是在每一个时刻保持不判断的觉察。要点在于轻柔、满足和滋养，也正好可以对治自责的心态。修正念可以培养你慈悲地观察自己的能力，给予自己更多温柔和支持，而不是严厉的责备，你会体验到更多稳定、平衡和被接受的感觉，而不是忧心如焚的焦虑和负疚。"[①]正念练习要伴随着自己的呼吸节奏，尽可能深入地感受到你的气息，感受到那股气息到达你的丹田深处。在每一次吸入又呼出的时候，内心默默地念诵一个使你愉快的词语——平和、轻松、温暖、喜悦。用正念练习来锻炼

--------

[①] 简·博克,莱诺拉·袁.拖延心理学[M].蒋永强,陆正芳,译.北京：中国人民大学出版社,2016：200.

你的专注度,继而克服你的拖延。

## 第四节　焦　虑　心　理

拖延会让写作者产生焦虑情绪。焦虑是一种郁郁寡欢、心力不足的心理状态,或者是一种心事惶惶、焦躁不安的心理状态。其实,焦虑和拖延是相伴相生的,焦虑反过来加剧了拖延。焦虑,作为一种独特的心理现象,在作家身上体现得比较明显。

作家在写作中的焦虑,往往集中表现为两点:"一是诗人头脑中崭新的意象已经诞生,氤氲的诗境已经形成,但是想把它们捕捉住、用物质材料传达出来的时候,诗人却感到力不从心,陷入深深的焦灼和苦闷之中。二是诗人的期待与达到的水准之间的矛盾。凡有抱负的诗人都为自己确立的标准甚高,他以独创为己任,企望自己言前人所未言,发前人所未发,恨不得一笔扫尽天下窠臼。"① 第一种焦虑是我们经常提到的"恒患意不称物,文不逮意",第二种焦虑便是对自我存在感的追求。

那么,焦虑到底是什么,它为什么会发生,对作家而言它意味着什么?

罗洛·梅认为:"焦虑是个人的人格及存在的基本价值受到威胁所产生的忧虑。焦虑是人类对威胁其存在或威胁使他与其存在相认同的某种价值的基本反应。"② 克尔凯郭尔在其著作《恐惧的意义》一文当中认为:"焦虑是自由的产物,当人面临自由选择时,焦

---

① 吴思敬.心理诗学[M].北京:首都师范大学出版社,1996:309.
② 车文博.人本主义心理学[M].杭州:浙江教育出版社,2003:241.

虑必将同时出现。"①神学家田立克认为:"人因为既有限又自由,既受限又无限,所以是焦虑的。自由与有限并存的吊诡情境,使人生而焦虑。"②人们的自由体现在他可以选择自己的生活,选择性越多,看似是自由的更大限度的体现,然则他必须为做出每一个选择而权衡利弊,左顾右盼,甚至需要衡量多项利益,以得出最优选择,在这个过程当中,他往往陷入进退两难的境地,这便带来了焦虑。即便是做出了决定,他也会思索另外的可能性,也会产生遗憾或者悔恨,这种患得患失也会加剧焦虑。

我们在拖延心理一节当中提到,拖延的人倾向于逃避成功,否认自我的潜能。否认自我有创造性的潜质,否认自己成为作家的可能性,这会使写作者陷入一种自我封闭的状态中。他开始逃避自己的思想,不敢伸张自己的观点,变成了一个谨小慎微的人,变成了一个自缚手脚的人。焦虑的作家也拒绝了这种选择性,变得自我封闭。

通过以上的分析我们发现,焦虑实则有积极和消极两方面的意义。从积极的方面来讲,焦虑意味着自由,在焦虑体验中,如果一个人可以更好地树立自我的意识,建立起独立判断的能力,最终会变得越来越自信,而且能够实现自我的创造性,能够不断为生命开拓新经验。从消极的方面来讲,它可能让人纠结延宕,变得不愿意自主选择,从而封闭自我,丧失自主性。

在此层面上,罗洛·梅给焦虑下了一个定义:"焦虑是存有承认自己以对抗非存有的经验。后者是减损或毁灭存有之物,如侵

---

① 车文博.人本主义心理学[M].杭州:浙江教育出版社,2003:240.
② 罗洛·梅.焦虑的意义[M].朱侃如,译.桂林:广西师范大学出版社,2010:15.

略性、疲惫、无聊以及终极的死亡。"①可见,焦虑感与作家的自我存在感是时刻联系在一起的。焦虑感正是存在的表现方式,越焦虑反而证明越有存在的价值。

作家由于经常处于反思中,对于人存在的意义的问题十分关切,无时无刻不在思索生存的依据是什么。但这样的思索往往并不带来乐观的结论,因为无意义感始终伴随着他们的生命。哲学家田立克认为,人们的焦虑正是面对这种"非存有"的威胁时产生的反应。何谓"非存有"的威胁?"非存有的威胁在心理与精神领域同样存在,也就是个人的实存处境中所承受的无意义感威胁。无意义感的威胁通常是一种负面的经验,会被当成自我存在的威胁。但是当这种焦虑的形式被确认时,亦即当个人领受了无意义感的威胁,并挺身对抗它时,其结果便是个人自我本性经验的强化。这也使得他更加确认,自己作为一个存有者,是与非存有或客体世界截然不同的。"②正是这种无意义感威胁着每一个作家,当他进入写作的深层状态时,他便能越发体验到这种感觉。

于是,我们发现,这种"非存有"往往给作家带来两方面的后果:一是作家生存价值感的丧失,二是作家感受到彻底的空虚和孤独感。第一种感觉导致人丧失了价值和尊严,丧失了与社会和他人建立联结的能力,这会给作家带来自卑感。第二种感觉使作家孤立无援,产生了无力感。对于很多深受焦虑之害的作家而言,他探测不到自己究竟为什么而焦虑,因为连焦虑的对象都触摸不到,所以他不知道到底应该采取什么手段来克服它。

---

① 罗洛·梅.焦虑的意义[M].朱侃如,译.桂林:广西师范大学出版社,2010:2.
② 罗洛·梅.焦虑的意义[M].朱侃如,译.桂林:广西师范大学出版社,2010:14.

焦虑固然有其有害的一面，但也有积极的一面，每个作家都应当拥抱焦虑。克尔凯郭尔认为，我们不应该把焦虑当作是我们的敌人，而应当把焦虑当作是我们的良师益友。因为有焦虑，我们才不会好逸恶劳，我们的心智对外界时刻保持清醒觉察的状态，我们的心弦时刻处于紧绷状态，这是我们的人生所需要的最基本的张力和引力。如果焦虑在我们的人生中缺席的话，那取而代之的可能是无所事事，可能是空虚感和寂寞感。

　　但是我们整个社会倾向于压抑焦虑，抗拒焦虑。这种观念来自笛卡尔和斯宾诺莎等崇尚理性的科学家与哲学家。笛卡尔认为"我思故我在"，理性可以清除意识当中的雾霾，理性可以指引生活的方向。焦虑只是意识正在觉察或者意识尚未认识清楚的东西，倘若意识能够认识到，便能够找出适当的方法化解它。很多理性不能解释的想法，可能都是庸人自扰，这些想法应该取缔，应该让它消失，应该排除在意识观察的范围之外。这便是意识压抑和抗拒焦虑的方法。到了斯宾诺莎那里，这种想法更进一步，他认为焦虑源于心智的软弱，是一个人心灵的自我欺骗和自我麻醉，但是在自我麻醉的同时，总有隐隐的真实在刺痛着他，于是令他在虚假满足的表面之下又常常不安。在斯宾诺莎那里，焦虑和恐惧是一对近义词。他认为："恐惧是一种'不确定的痛苦'，希望则是一种'不确定的快乐'。没有希望就没有恐惧，反之亦然。恐惧起源于心智的软弱，因此是理性没有运作的缘故。希望同样也是一种心智的软弱。"[1]斯宾诺莎和笛卡尔一样，坚持只要破除怀疑因素，就能够把恐惧驱除掉："当怀疑的因子从希望中被移除，也就是我们确定

---

[1] 罗洛·梅.焦虑的意义[M].朱侃如，译.桂林：广西师范大学出版社，2010：25.

好事会发生时,我们便充满信心。而当怀疑的因子从恐惧中被移除,也就是我们确定坏事将发生或已经发生时,我们便感到绝望。"①不管是信心还是绝望,只要是没有怀疑,都不会有焦虑。

对笛卡尔和斯宾诺莎的观点进行反驳的哲学家是帕斯卡。帕斯卡认为,笛卡尔和斯宾诺莎等人对理性充满信心,认为理性能够化解焦虑的观点是不够使人信服的,因为他们没有考虑到情绪的力量。情绪是一种很难用理性控制的力量。理性没有办法解释和澄清所有的焦虑问题。帕斯卡的核心哲学观点浓缩于他那名句当中:"我们被置放在一座巨大的媒介中,永恒地在知与不知之间悬荡着。"②他认为意识不完全是理性的,意识还容纳着大量的非理性,情绪就是明证。而焦虑更多是情绪的,而非理性的。后来到了弗洛伊德那里,焦虑的原因终于追溯到了无意识范畴内,比情绪更深入一层。

作为存在主义思想家的前驱,克尔凯郭尔可以说为焦虑研究奠定了基石。克尔凯郭尔拒斥理性主义对焦虑的理解,他认为应当采用整体生命观来看待焦虑问题,焦虑不仅仅是理性思考走入死胡同,也不仅仅是情绪上的难题,而是人的整体生命存在必然要面对的问题。每一个个体都拥有活生生的完整的生命经验,它是集知识、思想、意识、感情、情绪、感觉等于一体的有机体。只有坚持整体观,才能理解焦虑的本质。

在存在的层面上,克尔凯郭尔得出了焦虑的概念:"焦虑总是被理解为朝向自由的。"③在克尔凯郭尔眼中,"人类是不断受到可

---

① 罗洛·梅.焦虑的意义[M].朱侃如,译.桂林:广西师范大学出版社,2010:26.
② 罗洛·梅.焦虑的意义[M].朱侃如,译.桂林:广西师范大学出版社,2010:28.
③ 罗洛·梅.焦虑的意义[M].朱侃如,译.桂林:广西师范大学出版社,2010:29.

能性召唤的物种,他想象可能性、前瞻可能性,并且透过创意活动把可能变成事实。"①从这个意义上讲,焦虑是自由的代价,没有自由,就没有焦虑。焦虑是因为个人面对多种可能性时自然而然产生的状态,因为人的生命经验只有一次,不可逆转,选择了这种可能,便错失了另外一种可能,这种对多种可能性的评价又没有参照系,孰对孰错、孰轻孰重都令他陷入两难,这就是焦虑产生的根源。

罗洛·梅认为:"个人的可能性(创造性)越高,他潜在的焦虑也就越高。可能性(我能够)或可过渡成为事实,但是过程中的决定因素却是焦虑。"②因此,焦虑问题已经上升为人要如何存在的问题:他要如何完成他的一生,他要做什么样的人,要实现什么样的人生志业。这种创造性可能是无限的,无论是对于一个个体来说还是对于整个人类来说。因此,当作家意识到焦虑的时候,应当首先暗示自己,焦虑代表了自己可能拥有更高的创造性。

然而,人类不是单纯地选择如何成就自己,人还有复杂的一面,即克尔凯郭尔所说的人也有不愿意成为自己的一面。"他或者逃避自我的觉知,或者意欲成为他人,或者干脆当个墨守成规的人,又或者意欲大胆地成为自己,但却以悲剧的斯多葛式绝望态度收场。"③大部分不能自我实现的人,往往多是不敢面对真正的自我。福克纳在接受诺贝尔文学奖时说:"作家必须把这些铭记于怀,必须告诫自己:最卑劣的情操莫过于恐惧。他还要告诫自己:永远忘掉恐惧。占据他的创作室的只应该是心灵深处的亘古至今的真情实感、爱情、荣誉、同情、自豪、怜悯之心和牺牲精神,少了这

---

① 罗洛·梅.焦虑的意义[M].朱侃如,译.桂林:广西师范大学出版社,2010:34.
② 罗洛·梅.焦虑的意义[M].朱侃如,译.桂林:广西师范大学出版社,2010:35.
③ 罗洛·梅.焦虑的意义[M].朱侃如,译.桂林:广西师范大学出版社,2010:36.

些永恒的真情实感,任何故事必然是昙花一现,难以久存。他若是不这样做,必将在一种诅咒的阴影下写作。"[1]盛开的花儿之所以美丽,只是因为它完全地绽放和表现自己,毫不掩饰自己,而人却囿于种种观念,不敢成为真正的自己。

因此,作为一名作家,他应当学会自我觉知,在自我觉知的基础上找到自我的独立性,以利于明晰自我的焦虑状态。"在天真无知的状态下,个人与环境是不分离的,此时的焦虑是模糊的。然而在自我觉知的状态中,个人分离独立出来的可能性产生了。此时的焦虑是反思的,个人透过自我觉知一定程度上引导自身的发展,以及参与人类历史。"[2]通过自我对焦虑的觉知,人可以塑造自己的历史,并致力于扭转自己的历史,参与到整个人类历史当中。在这一点上作家体现得尤其明显。作家一开始写作是致力于改良自己,写作的题材往往也局限于自我;到了最后,作家超脱了自我,题材越来越广,同情心和同理心也都得到了拓展,他可以化身为他者,写出他人的故事,写出社会的故事。

我们不得不提到的是,自我觉知过程是痛苦的。自我觉知固然珍贵,但自我觉知的过程伴随着打破自我、重建自我的艰难历程。当自我觉知产生时,自我的责任感也会增强,如果尽责不够的话,又会产生内疚感。个人在自我觉知的过程中,只有痛苦地打破自我旧有的习惯和思维模式,才能创造出新的习惯和新思维。具备越高创造性的人,其潜在的焦虑和内疚也会越强。比如,随着年龄增长,人的性意识的觉醒,往往成为内疚的来源。一方面要追寻

---

[1] 王宁.诺贝尔文学奖获奖作家谈创作[M].北京:北京大学出版社,1987:191.
[2] 罗洛·梅.焦虑的意义[M].朱侃如,译.桂林:广西师范大学出版社,2010:38.

自己的志业，另一方面又必须面对自己不断增长的性欲。要消耗精力在事业上，就必须节制自己的欲望。这构成了一个很基本的矛盾。这个时候，性欲的释放仿佛是以扼杀生活的创造性为代价的，这是内疚感产生的一个因素。

那么究竟应当如何克服焦虑呢？

作家必须明确意识到："最具创造力者深入许多使他们暴露在震撼处境中的冒险，更是经常受到焦虑的威胁，但是，如果他具有真正的创造力，那么他就会更具有建设性克服这些威胁的能力。"① 焦虑是应对压力的方式之一，有焦虑说明我们感受到了压力，而有压力说明我们肩负的责任更大。能力越强，责任越大，这应当成为自信的源泉，而不应该削弱我们的自尊和自信。只有具有大抱负的人，才能体验到大责任和大压力。自信从容地处理这一切，也是克服焦虑的方法之一。

哲学家莫勒甚至认为焦虑不应该被视为消极的，而应当被理解为健康的。"当代专业的心理学家和一般人，都有一个共同的倾向，就是把焦虑视为负向的、毁灭的和'不正常'经验，我们必须对抗它。我们在此讨论的焦虑，并不是个人混乱的因由，反之，它是这种状态的结果。是因为失联或压抑的行为，混乱的质素才得以呈现，焦虑所代表的不仅是受压抑的事物企图再度浮现，也是整体人格迈向统整、和谐、同一与'健康'重建的努力。"② 既然如此，选择成为一名作家，就应该做好和焦虑相伴的准备，焦虑也许并不是负面的，它是催发创造力的一个必要条件，焦虑是作家存在感的明

---

① 罗洛·梅.焦虑的意义[M].朱侃如，译.桂林：广西师范大学出版社，2010：59.
② 罗洛·梅.焦虑的意义[M].朱侃如，译.桂林：广西师范大学出版社，2010：106.

证,只要是它并不危及作家的健康。倘若焦虑使作家出现心理疾病,作家就要及时想办法克服,冥想就是一种缓解焦虑的方法。所谓冥想,指的是暂时放下自己的心思和杂念,跟随引导或者自我暗示,把思想的焦点转移到呼吸和身体上,以达到一种放空和放松的体验,这对于化解焦虑,有着非常理想的效果。

# 第五章　创意的动机

动机是促使人从事某种活动的心理机能，它涉及人的行为的发生、强度、持续性和倾向，动机能够给人提供从事某件事情的心理能量。动机对于创作是非常重要的，动机可以为一个作家提供写作的不竭动力，如果没有了创作动机，作家的写作就失去了最基本的支持。动机也影响创作的方向，决定创作是否沿着正确的道路进行。

动机和需要是不同的，动机是一种心理机能，而需要则是个体内在或外在的能够维持个体生存、帮助个体发展的物质或精神因素。倘若需要没有被发现，也就产生不了对所需之物的那种感受，只有发现了需要，才能够激发身体的机能，即需要制造了动机。因此，动机是需要的产物。需要可以说是人的天性，是人的必需品，但是能够激发人们去追求这种需要的心理机能，是后天才产生的。

很多动机是在不自觉的情况下由需要激发的，倘若能加上主观能动性，动机则是可以培养和改变的。发现自我的真实动机，是发掘创意的基本方法。一个作家的动机会影响他的生活习性，而生活习性又能够改变作家积累经验和材料的方式，所以，动机是创意过程中最重要的一个环节，不可不察。"改变道路最快速的方式，就是改变目的地。创意的根，就在于动机。"[①]动机对于培养创

---

① 赖声川.赖声川的创意学[M].桂林：广西师范大学出版社,2011：178.

意来说非常重要,很多时候我们在错误的路上狂奔,结果越走越远,而动机决定了我们是否走在正确的路上,是否通往正确的目的地。

## 第一节 作家的动机

关于动机,即写作的缘由,古今中外有很多不同的答案,有些是作家共性的动机,有些则是个体的动机。任何文学创作论都不能对动机避而不谈。

从个体的动机来看,每个作家写作都有非常独特的动机。在《世界一百位作家谈写作》一书中,一百位作家收到诺贝尔委员会的信件咨询,题目为"你为什么写作?"。这一百位作家给出了十多种答案。一部分作家在根本上否定了这个问题,认为这个问题是没有办法回答的,他们认为如果知道了为什么要写作,也许就没有办法继续写作了,这个问题就好像是问"地球为什么存在?"一样。有些作家认为写作纯粹是因为兴趣使然,他们入迷、上瘾。有些作家认为自己的写作是出于游戏,和读者玩一场你来我往的心灵游戏。有些作家写作是出于"立言"的目的,想要创造一个永恒的自我,死后给这个世界留下点东西。有些作家写作是因为这是摆脱孤独的需要,他们需要在写作中与人完成内心深处的交流。有些作家写作是因为想要创造一个比现实更完美、更理想的世界,他们想要通过文学来净化人类的心灵。有些作家认为写作近乎祈祷,先触及作家的心灵,然后触及读者的心灵。如米兰·昆德拉认为写作就是一种挑战者的姿态,作家的精神使命就是揭示生活中的伪合理,并拷问人的"存在"问题。有些作家写作出于直接的政治目的,他们希望通过文学的力量去消除世界的不平等,甚至用私生活和爱情去反抗政治。有些作家写作则是为了反抗种族歧视,为了让更多的人理解他们所在的种族。有些作家写作是出于金钱和名誉的考虑,巴尔扎克谐谑地说过:"写作是为了出名和富有。"有些作家干脆就说,因为没有从事其他职业的能力,其他事都做不成,最后就只能来写作了。

以上是作家个人层面的动机,如果从以往的文学理论来看,文学创作的普遍的动机一般包含以下几个方面。

第一种动机来自生活中的灵感。柏拉图认为诗人的诗歌不是来自他们自己的意愿,而是来自神力,真正的诗人是在一种迷狂的状态之下得到灵感,这就是著名的"迷狂说"。

第二种动机来自生活的苦闷。个人生命的自由受到了阻碍和压抑,在生活中处处碰壁,不能如意,陷入一种苦闷的彷徨状态中,于是作家只能借助文学去排遣这种苦闷,我们可以将其归结为"苦闷说"。明代文学家王世贞归纳了十个写作的动机:贫困(贫穷困厄)、嫌忌(遭人排挤)、玷缺(犯下过失)、偃蹇(困顿窘迫)、流贬(流放贬黜)、刑辱(遭刑受辱)、夭折(半道折命)、无终(晚年不定)、无后(没有子嗣)、恶疾(身患重病)。这些都是古人苦闷的根源。到了近代社会,苦闷的根源已经发生了变化,更多的苦闷是心理层面的苦闷,即我们所说的抑郁和焦虑。抑郁和焦虑有社会性的原因,也有个体性的原因,而个体性的原因中,童年的创伤经验最突出。因为童年的创伤在记忆里是永恒的,它极大程度上影响着作家一生的心理基调,所以历来为文艺研究者所重视,所有从作家经验出发去理解作品动机的文艺评论,几乎都绕不开童年创伤经验。作家正是因为有了苦闷情绪,才会对他者的遭遇产生同情心和同理心,这为他的创作由小我走向大我提供了基本的条件。而且正是因为他对这些苦闷有切身的体会,在创作中才能够写得通透,更加具有艺术感染力。另外,由苦闷而衍生出的另外一种强烈情绪是愤怒,对现实世界的不满,让作家表现出一种愤懑的情绪,从而形成一种批判的文体。因不平而愤怒,不得已而成言,也就是韩愈所说的"不平则鸣",我们称其为"愤怒说"。

第三种动机来自人的性本能。弗洛伊德将艺术创作的核心动机看作是未被实现的欲望,而这一切欲望的核心则是性之欲望,对于这种欲望有些作家自己都不能觉察,因为它是深藏在潜意识当中的。我们认为,这种创作动机是根本性的,而且不易被平常人所觉察,我们称其为"欲望说"。美国经典弗洛伊德主义文艺理论家阿尔伯特·莫德尔甚至认为很多作家热衷于追求声名,实则是在借求性之满足。

第四种动机来自人的汹涌的情感。"诗缘情而绮靡",伟大的文艺作品因为熔铸着作家汹涌的情感才打动人,才调动了读者的情感体验。李贽在《杂说》中也认为情感是文学创作最不能遏制的冲动,这种情感在心中蓄积,一旦成势不得不发。这些情感或是亲情,或是友情,亘古不变的则是爱情。我们称其为"情感说"。

第五种动机来自人的志气和志向。"诗言志,歌咏言",文学作品是作者心声的表达,是作者对理想生活的憧憬、快意人生的构建。我们称其为"言志说"。古往今来诗人和作家都在作品中或托物言志,或抒情言志。屈原的《橘颂》、骆宾王的《在狱咏蝉》、于谦的《石灰吟》、郑板桥的《竹石》等,都可以划为言志诗。

第六种动机来自人的过剩精力。斯宾塞和康德、贺拉斯等人都认为人的精力过多,必须要找到一定的途径去排遣,而文艺创作和文艺欣赏就是最好的一种途径,这样看来,文学无疑是一场游戏。我们称其为"游戏说"。在文学游戏中体验到的幽默、欢愉和心境的陶冶是这一类作家进行创作的不竭动力。

第七种动机来自人的自我实现的需要。马斯洛等人本主义心理学家认为,人有最基本的审美需要,这是人的创造性需求之一。马斯洛说:"确有真正的审美需要。丑会使他们致病(以特殊的方式),身临美的事物会使他们痊愈。他们积极地热望着,只有美才能满足他们的热望。"[1]这种需要是人本身就有的,一旦他的低级需要得到满足,就会奔向他的高级需要,很难用外力去阻止,它是人的内在本性之一。我们称其为"需要说"。马斯洛认为,人的这种审美需要、创造性需要在"高峰体验"中得到满足,这是一种极乐的感觉,甚至超越性体验的感觉,这与"迷狂说"有类似之处。在"高峰体验"中,作家可以压倒一切抑郁、焦虑的情绪,取而代之的是一种如痴如狂的幸福的感觉。

我们认为,作家的动机来源是非常复杂的,可能不仅仅是其中的一种,有时他的创作动机包含了其中的好几种,有可能既是抒情的又是言志的,也有可能既是游戏的又是自我实现的。随着环境的改变、时间的推移,作家的创作动机会随之改变。当他时运不济的时候,他的创作动机可能来自苦闷,而当他春风得意的时候,他的创作动机则可能来自喜悦。如杜甫的"漫卷诗书喜欲狂",在那一刻,杜甫忘却了丧子之痛,短暂的喜悦驱走了漂泊的愁苦。

基于以上对不同类型的动机的描述,我们将其分为内倾型动

---

[1] 马斯洛,等.人的潜能和价值[M].林方,译.北京:华夏出版社,1987:59.

机和外倾型动机。《人本主义心理学》中提到,心理学上认为动机主要有两种:"一种是内在动力论,即以心理学中第二势力精神分析为代表,强调人的心灵深处内在的潜意识动机和性驱力(力比多)的决定作用。……另外一种是外部动力论,即以心理学中第一势力行为主义为代表,强调人的行为均由外部环境所决定。"①这两种动机其实也代表心理学的分野,即意向性和机械主义的分野。

根据动机所生发的意识层次,可将动机分为显意识动机和潜意识动机。在显意识层面,作家的写作动机包含金钱与名誉、人生成就感、社会责任感、审美追求等。他从事写作是为了实现他的雄心壮志,是自我实现的诉求,是勇于担当社会责任,是想要描绘理想世界、追寻完美世界等。显意识层面的动机往往也是外倾型的动机。在潜意识层面,作家的写作动机则是出于一种疗愈内心创伤、打开自我心结的需要,是一种释放潜意识的欲望的需要。潜意识层面的动机则往往是内倾型动机。我们提到很多作家并不知道自己的写作动机是什么,这也许是出于潜意识的诉求,很多作家所掩饰的正是他内心深处所欲求的。

基于这样的理解,我们认为有两种动机是最根本的:一是潜意识层面的被压抑欲望的动机,我们称其为逆向动机,因为这种动机是一种被动机制,它让作家不得不书写和表达。二是显意识层面的自我实现的动机,我们称其为正向动机,因为这种动机让作家产生主动表达的愿望。这两种动机是其他所有动机的基础,其他所有的动机几乎都是从这两种动机中衍生出来的。

---

① 车文博.人本主义心理学[M].杭州:浙江教育出版社,2003:63.

## 第二节 压抑的欲望

压抑的欲望是一种逆向的创作动机。逆向动机是一种被动的机制,也就是说,作家拥有了这种动机,他不得不去写作,不得不去宣泄,不得不去著书立说。这种动机就是压抑的欲望,这些欲望有很多都藏在潜意识中。

一个作家的深层心理动机,也许是连他自己都不清楚的,其中包含了种种隐情。"我们不应该把文学作品看成是一种和作家个人生活无关的客观产品,仅仅是由作家根据某些规则创作出来的。文学是一种个人表达,在这背后隐藏着整个人格。作家的现在和过去都进入了作品,而且在那里记录下他的最隐秘的欲望和情感。这是他挣扎和失望的表征,这是他的隐情的泄出口——不管他如何克制,隐情总会源源泄出。"[①]因此,要真正理解作家的动机,必须穿破那些表面的文字和故事,去探查那些最深处的秘密。如何要实现这一目的,就需要理解"被压抑的欲望"的复杂心理机制。只有了解了这些,我们才能找到方法去召唤和刺激写作动机。

弗洛伊德认为,文学艺术就是作家所做的一场白日梦,是作家那些被压抑的欲望的升华。弗洛伊德的追随者阿尔伯特也认为:"一部文学作品,即使没有记录梦,其本身仍是一个梦,即作家的梦。它是作家无意识欲望的自我实现,或者是作家因为无法实现

---

[①] 阿尔伯特·莫德尔. 文学中的色情动机[M]. 刘文荣,译. 上海:文汇出版社,2006: 2.

自己的欲望而发出的哀怨。和梦一样,文学作品也由作家过去的精神生活中的残留物构成,而且也用最近的事物和印象来加以润饰。"①每一个作家在现实生活当中,都有很多欲望,这些欲望有道德的成分,还有不道德的成分。因为道德律令的约束,或者是现实生活中很多条件都不能够达到,这些欲望不能被完全表达出来,作家只能一直压抑着,这些被压抑的欲望成了他生命中的一股涌动的暗流,如果不能通过合理渠道得到释放,就容易产生精神疾病。

但是,作家的才华让他们将这股暗流转化为写作的动力,使其本能的力量转化为创造性的成果。"他有一种神秘的才能,能处理特殊材料,直到忠实地表示出幻想的观念;他又知道如何将强烈的快乐附着在幻念之上,至少可暂时使压抑作用受到控制而无所施其技。"②这是作家何以成为作家的原因。他们比普通人更懂得如何排解这种压抑,他们通过一种快乐的幻觉来替代了真实的欲望。

如果直接将内心深处的这些欲望和本能表现在文学作品中,自然是不被接受的,于是作家的创造性的天赋再一次得到体现:"他知道如何润饰他的昼梦,使失去个人的色彩,而为他人共同欣赏;他又知道如何加以充分修改,使不道德的根源不易被人探悉。"③在这个过程中,他们不仅排解了他们的压抑的欲望,而且是以一种健康的富有创造性的方式来实现的,在这种润饰的环节,他们通过掌握的文学专业技巧,将这些白日梦装饰成为人们可以接

---

① 阿尔伯特·莫德尔. 文学中的色情动机[M]. 刘文荣,译. 上海:文汇出版社,2006:6.
② 弗洛伊德. 精神分析导论[M]. 高觉敷,译. 北京:商务印书馆,2003:301.
③ 弗洛伊德. 精神分析导论[M]. 高觉敷,译. 北京:商务印书馆,2003:301.

受的形式。

每一个作家内心深处都藏着众多的秘密,作家一般不可能直接将这些秘密公之于众。爱伦坡曾说:"没有一个作家真的敢把自己的思想和情感全部写出来,因为这会把他的笔下的纸点燃。……即便是最坦诚的作家,仍会压抑自己本性中的某些不道德的、不正经的、颓废的、病态的和残忍的无意识成分。"①于是,作家只能将这些意识成分改装为能够被普通人所接受的形式,在整个写作过程中,他们既表达了自己的欲望,又巧妙地掩饰了自己的欲望。

爱伦坡提到了无意识成分,实则正是弗洛伊德所说的潜意识。倘若想要更加深入地了解"压抑的欲望"这种深层心理机制,我们还必须要了解弗洛伊德的潜意识学说。

在弗洛伊德看来,意识只是潜意识分离出来的一部分,就好比是冰山裸露在海洋上面那一部分,潜意识才是心灵过程中最主要的因素,是冰山藏匿在海洋下面的那一部分。弗洛伊德说:"精神分析的第一个令人不快的命题是:心理过程主要是潜意识的,至于意识的心理过程则仅仅是整个心灵的分离的部分和动作。"②压抑的欲望大部分都进入了这个潜意识层面。

潜意识何以能够存在,弗洛伊德从三个方面给出了强有力的证据:一是过失心理,二是梦心理,三是神经病心理。在过失心理中,人们犯下了过错,但回过头来发现这种过失行为并不是自己的意识本身想要支配的,所以犯下过失之时,一定是潜意识控制了身

---

① 阿尔伯特·莫德尔.文学中的色情动机[M].刘文荣,译.上海:文汇出版社,2006:9.
② 弗洛伊德.精神分析导论[M].高觉敷,译.北京:商务印书馆,2003:8.

体、行为和语言,而不是意识。在梦的心理中,人们几乎不能够控制自己做什么样的梦,没有人会愿意做噩梦,但是噩梦却时有发生,既然如此,那么一定是潜意识控制着梦的运行。在神经病心理中,这些神经病患者的意识完全不能控制,行为方式和语言能力与正常人完全是两回事,倘若是意识控制,人是理智的、规范的,符合外在社会要求的,那么控制神经病患者的思想和行为的也一定是潜意识,而不是意识。

其实不仅是过失心理,超验心理也能够表明潜意识的存在。多年前,一份报纸上记录了这么一个案例:一个小孩即将坠楼,她的母亲在1秒内穿越了14米的厅堂,抓住了即将坠楼的小孩,之后无论如何试验,那位母亲再也不可能在1秒内穿越14米的厅堂。小孩母亲本能的保护欲所产生的这种超验心理,使得她完成了这个在常规状态下不可能完成的行为。

在弗洛伊德那里,精神机制的原理和反射机制的原理是类似的。当我们五大触觉中的一个触觉接触到某种物体时,这种信号会由神经系统传给大脑,大脑根据情况作出反应,这就是大脑最基本的反射机制。在这整个反射过程中,神经系统上会留下一些痕迹,否则没有办法解释记忆现象,正是因为有了这些痕迹,所以才会有记忆,在下次碰到类似的情况时,大脑才能作出类似的判断。

随着痕迹的积累,这些停留在神经系统上的"兴奋"会越来越强化,直到变为永久的记忆保存下来。这种记忆也不是一步到位的,保存的环节发生了联想作用。保留在神经系统上的那种"兴奋"会根据相似律而传导给另外一部分,这个过程中记忆已经失去了最初的质地,经过相似律和联想作用,变成了一种混合物,实则像是提炼出来的一样。因此,我们以为某些记忆是刻骨铭心的,应该是最真实的记忆,实则这些记忆反而不一定是最原初、最真实的。

人们倾向于抹杀痛苦记忆,保留愉快记忆,因此童年的创伤经验往往被各种记忆所掩饰。但是痛苦的内核却一直存留着,而且总是以最深沉的不安影响着经历过这种创伤的人。"那些知觉系统由于没有保留变化的能力,因而也没有记忆为我们的意识提供繁杂的感觉性质。另一方面,我们的记忆本身——包括那些在我们心灵上印刻得最深的记忆——则是属于潜意识的。"[1]这就是潜意识的来源,所有的意识都不会自动消亡,它只不过是以另外一种形式保留下来。潜意识中的记忆和意识的原则是相互排斥的,意识是参与批评和评价的,它的标准是社会性的、道德性的,而潜意识并不负担这一功能,在它那里,所有的存在和记忆都是合理的,没有好坏之分。

正是因为早期的知觉记忆如此重要,所以童年经验对一个作家的影响几乎是决定性的。童年的知觉记忆几乎构成了后天所有记忆的内核,所有的记忆都打上了这第一手记忆的烙印。

如果他的童年经验是丰富的,他的精神和物质需要都能得到及时的满足,那么这个作家以后的作品倾向往往是乐观唯美的;而如果一个作家的童年经验是有所欠缺的,他的精神和物质需要都十分匮乏,那么他将会产生一种匮乏性的心理,导致他的需求感非常强烈,而且也容易陷入悲观。

因此,童年时期可以看作是作家成长的最佳时期。"婴儿和儿童时期是'制造'作家的最重要的时期:他们复杂的神经系统的形

---

[1] 弗洛伊德.释梦[M].孙名之,译.北京:商务印书馆,2009:533.

成期。然而,天赋和天职并不是自私的基因,反而是在童年时期建设性地培育他们的结果。天赋和天职是需要被识别、被鼓励以及被外界证实的:首先是早期通过他们父母,然后通过朋友和老师,最后是通过编辑、出版商以及读者。这就是创意写作产生的地方。你的创意写作老师是你的第一位真正的读者,而且是你写作的编辑。"①如果在这个阶段有先觉之明的父母能够积极参与进去,那么往往能够培养出一个成功的作家。匮乏性的经验可以转化为非常强烈的动机,比如家庭的贫穷,但是开明的父母让孩子感受到这种贫穷却不给孩子压力,不让孩子生来觉得有所亏欠,仿佛父母养育这么一个孩子是一种极大的负担,让孩子觉得负疚。这样的孩子能够尽早意识到自己的责任,心智的发展往往会更加健全。他一方面对贫穷的人有同情心,另一方面又不囿于贫穷心态,他的作品就会表现得更有超越性。

  匮乏性的经验使得很多欲求不能得到满足,这些欲望有正当的,也有不正当的。我们必须承认有很多欲望的确不符合社会标准,往往都被压抑进潜意识之中,但这些本能的欲望从来不会自行消失,总是会以某种方式释放出来的。欲望几乎是从孩提时代就开始产生的,当他需要食物或者母爱时,他可以肆无忌惮地以啼哭的方式来表现他的需要和欲望。当他的需要和欲望一旦得到实现,知觉记忆就会把这种愉快保留下来。这种愉快的知觉记忆总是能唤起儿童和大人的冲动。

  在这个层面上,弗洛伊德给欲望下了一个定义:"这种联系下

---

① David Morley. *The Cambridge Introduction to Creative Writing* [M]. Cambridge: Cambridge University Press, 2007: 11.

一次需要出现时就会立即产生一种精神冲动,以寻求对知觉的记忆影像进行再次精力倾注,从而再度唤起知觉本身,也就是说,再度建立起原来的满意情境,我们便把这样的一种精神冲动称之为欲望。"①"食色,性也!"人类最基本的生理欲望是食欲和性欲。按照弗洛伊德对欲望的定义,食欲要唤起的是对饱足感知的精神冲动,性欲要唤起的是甜蜜性感知的精神冲动。人类还有很多最基本的欲望,爱的欲望、希望得到父母的温暖、情人的问候等。心灵一旦品尝过这些甜蜜的味道,就永远不会忘怀,总是需要再度建立起最满意的情境。

欲望可以终止于类似的知觉所带来的幻觉。很多人通过制造幻觉的方式来满足这种欲望,虽然这种幻觉作用能够暂时终止被压抑的欲望,但是它的作用也只是暂时性的。弗洛姆在《爱的艺术》一书中这样说:"通过纵欲达到人与人之间的结合的所有方式都有三个特征:首先这些方式都是强烈的,甚至会很激烈;其次他们需要整个人——包括身心都投入进去;第三就是需要不断重复——因为纵欲的效果只能持续很短的时间。"②因此,通过制造幻觉,以毁坏身体为代价的满足欲望的方式并不可取。弗洛伊德指出:"生命的痛苦经验必定使这种原始的思想活动变成了一种更为适宜的继发性思想活动……满足没有产生,需要就持续不已。一种内部精力倾注,如果继续不已,也只能与幻觉式精神病和饥饿幻想中产生的外部精力倾注具有相同的价值,在其欲望所依附的对象上耗尽了它们的全部精神活

---

① 弗洛伊德.释梦[M].孙名之,译.北京:商务印书馆,2009:561.
② 弗洛姆.爱的艺术[M].李健鸣,译.上海:上海译文出版社,2011:15.

动。"①因此，需要找到一种比较健康的幻觉方式来排解这种被压抑的欲望，否则无论是作家还是常人都会被这种欲望所毁灭。文学艺术就是这种健康的幻觉形式之一，所以我们认为这是一种升华而不是堕落。

压抑作用使得欲望蓄积着更大的能量，如果不能以正常渠道排解的话，它会给人带来毁灭性的后果。欲望是生存的最基本的依据，欲望推动人的行为，推动人们追求那种满足感的获得，与此同时，也在更大意义上追寻存在的价值。记忆往往遵循的是快乐原则，它倾向于保存快乐的记忆，逃避痛苦的记忆。"那曾经一度使我们感痛苦的任何记忆的精神过程所引起的这种轻易而有规律的回避，为我们提供了精神压抑的原型和最初范例。"②例如当人们追寻爱人而不得时，必然以一种压抑的形式来回避这种情感。精神过程在潜意识中是没有批判性的，所有的欲望都能获得承认，但是一旦到了意识层面，很多欲望只能受到压抑。这些被压抑的欲望不断地蓄积，时刻消耗着我们的精神能量，因此，排解这种欲望和冲动，就成为文学创作最深刻的一种动机。可是，我们很多人并没有意识到这个动机的存在。

弗洛伊德认为，人类所有的本能冲动的核心是性欲，性欲是生存的最根本的依据。他将性欲理解为所有文学创作的根本动机，只不过进行了白日梦的装饰而已。弗洛伊德的后继者，阿尔伯特也这么认为："我们首先得承认，色情幻想不仅客观存在，而且在我们的生活中还很重要。从这种幻想中，像是鲜花一样表现出来的

---

① 弗洛伊德.释梦[M].孙名之，译.北京：商务印书馆，2009：561.
② 弗洛伊德.释梦[M].孙名之，译.北京：商务印书馆，2009：600.

某种情感,似乎和人性中最崇高的感情——爱情——有着千丝万缕的联系。"①阿尔伯特甚至认为,这种由性而爱的动机甚至是伟大作品最基本的动力来源。"我们从许多作家的恋爱史中都可以得出这样的结论:他们与其说关注艺术,不如说更关注自己的恋情。请想一想,司汤达是怎么哀叹爱情之难得的;还有巴尔扎克,他如此渴求名声,不就是为了得到女人的爱!歌德曾说,世上唯有婚姻幸福的人才是真正幸运的人。他把每一次恋情都当作写作素材,由此写出了不少诗歌、小说和剧本。"②但是,我们在这里倾向于将所有的被压抑的欲望都看作是作家进行创作的动机,抛弃其泛性论的观点。莫言和贾平凹都曾经谈到,饥饿对他们的人生带来的重要影响,他们写作的最原始动机是为了满足基本的温饱。四川作家安昌河在其创作谈中提到,他最开始的创作激情来源于稿费,这笔稿费比他在山西挖煤所带来的收益要高,而且更加安全。我们认为这些都是最基本的欲求。

　　我们还要提到很多病理性的动因。很多核心的精神矛盾贯穿某些作家的一生,他一生都在这个精神矛盾之下生活,但是这种精神矛盾的暧昧、隐晦,又往往让他不知所措。相信很多从事写作的人都在寻求解决这种精神矛盾的一个答案。按照以上观点,这些核心的精神矛盾无非是被压抑在潜意识中的欲望而已。至于是哪种欲望,每个人都有所不同。我们需要通过解析我们的梦念,通过自由联想等一系列方法,来找出我们的精神矛盾,一旦我们能够认

---

① 阿尔伯特·莫德尔.文学中的色情动机[M].刘文荣,译.上海:文汇出版社,2006:17.

② 阿尔伯特·莫德尔.文学中的色情动机[M].刘文荣,译.上海:文汇出版社,2006:24.

清它的面目,就无疑可以助力我们的写作。

　　一个人的精神矛盾和冲突,就是一个故事的真谛。在《小说写作教程:虚构文学速成全攻略》一书中,克利弗认为:"没有冲突就等于没有故事,冲突是讲故事的核心秘密。而冲突的秘密在于迫使人物行动起来,强迫人物利用自身条件,以一种揭示他们自身性格特征的方式采取某种行动。"[1]很多作家将自我内心深处的矛盾和冲突发掘出来,改编成文学作品,往往最能引起共鸣。郁达夫的《沉沦》中,主人公身上有着在日留学的郁达夫自己的影子。小说中的主人公在进入艺妓馆后,他身上的那种情欲和中国身份有着深刻的矛盾和冲突,祖国不强大,连与艺妓欢乐的资本都没有。这种精神矛盾是多么真诚,至今读来也让人震撼。

　　在故事创作中,将欲望的压抑机制体现出来,构成了精彩故事的两个最基本的要素。克利弗说:"你必须拥有两个故事要素:一个是渴望,一个是障碍。因为渴望加障碍就是冲突。"[2]这个渴望就是我们所说的欲望,而这个障碍就是我们所说的压抑。这就是深藏在我们每个人身上的精神矛盾的核心价值。最深刻的精神矛盾是每一个故事的精髓所在,也是人类文化价值最值得追寻的地方。"人类文化中最有价值的东西恰恰是建立在对人的本能的抑制上的,压抑、转移而后始有文学。"[3]在电影《勇敢的心》中,威廉和他的族人的自由受到了压抑,他必须要冲破这种压抑,这是他最根本

---

[1]　杰里·克利弗.小说写作教程:虚构文学速成全攻略[M].王著定,译.北京:中国人民大学出版社,2011:26.
[2]　杰里·克利弗.小说写作教程:虚构文学速成全攻略[M].王著定,译.北京:中国人民大学出版社,2011:28.
[3]　叶中强.压抑、转移和文学:精神分析学说和中国现代文学创作某些现象的断想[J].社会科学,1995(6):51-55.

的精神矛盾,乃至于即便英王想要通过伊莎贝尔收买他,在对最核心的渴望的追求上,爱情也成了障碍,他必须冲破它。

根据我们对梦的认识和理解,梦与文学的渊源颇深,以梦境直接作为素材的文学作品不在少数。弗洛伊德引用希尔德布朗特的话:"根据我们自己的经验,很少有人能够否定梦的天才和构思,不时表现出情绪的深邃和亲密,感情的温柔,视象的清晰,观察的细致,机智的敏捷,凡此种种都是我们在清醒生活中不敢企求的。梦中含有美妙的诗意,恰当的隐喻,超人的幽默和罕见的讽刺。梦以一种奇特的唯心论看待世界,而且往往以其对世界的本质的深刻理解而增强了所见的影响。"[1]作家们往往对梦予以崇高的赞美。然而,以梦境直接作为文学素材,这或许会增加文学的想象力,会加强文学的表现力,但梦或许有更深刻的暗示,或许它更大的作用在于:"它告诉我们'精神上一度据有的任何印象绝不会完全消失',或者正如德尔贝夫所说,'即使是最不重要的印象也会留下不可磨灭的痕迹,它能随时地复活'。"[2]在弗洛伊德看来,"梦的解释是通向理解心灵的潜意识活动的皇家大道"[3]。也就是说,梦更大的意义在于它背后的梦念,它所暗含的人的潜意识,梦是最接近潜意识的。精神分析的自由联想方法所运用的原始材料基本是梦的片段。

简而言之,释梦,就是为了解释梦的显义和隐义之间的关系,从梦的显义追溯梦的隐义——核心的梦念(与潜意识无异)。弗洛伊德所主张的释梦方法,一般是"采取一种联合的技术,一方面利用梦者的联想,另一方面则利用释梦者的有关象征知识以弥补联

---

[1] 弗洛伊德.释梦[M].孙名之,译.北京:商务印书馆,2009:58.
[2] 弗洛伊德.释梦[M].孙名之,译.北京:商务印书馆,2009:19.
[3] 弗洛伊德.释梦[M].孙名之,译.北京:商务印书馆,2009:602.

想之不足"①。首先是让做梦的人根据他的梦境进行联想,继而让做梦者对这些梦境以及联想到的东西做出象征性的解释。在这个过程中,"联想始终居于首要地位,而且应认为梦者所做的评论具有决定性意义。至于象征翻译,只是一种次要的方法"②。这个整体过程可以大致分为:对梦的某一个片段进行自由联想,直到漫无目的地突然中断于某个因果联系;对第二个梦的片段,再进行自由联想,如同第一次一样,依此类推。因为后一次的自由联想总是以前一次的为基础,最后的象征性含义的范围则会越来越窄,乃至最终追溯到那个"梦念"。具体的操作要根据梦者的态度和配合程度,视具体情况而定。以上是释梦的基本方法。

需要注意的是,在释梦的过程中,我们经常根据梦中出现的白日里的思想元素,轻易地决断出应是日有所思、夜有所梦的缘故。其实这大错特错,因为我们忽视了梦的移置作用。潜意识的精神力量只是借用了白日的零碎片段,许多细节看似是白日的,然而梦念却并不在这里。

当我们找出了梦的核,找到了梦念,我们便找到了潜意识中精神矛盾的症结所在,就找到了我们内心深处的根本矛盾和冲突所在。可以说,所有的梦都是潜意识的表达,都是梦念的铺陈。倘若我们把化解这个精神矛盾作为创作的动机和欲望,这将使得我们创作的目的更加明确。倘若由分析所得的矛盾是人类共性的,那甚至可以写出非常优秀的作品。

人活着就是一个不断解决矛盾的过程,精神矛盾比现实生活矛

---

① 弗洛伊德.释梦[M].孙名之,译.北京:商务印书馆,2009:349.
② 弗洛伊德.释梦[M].孙名之,译.北京:商务印书馆,2009:356.

## 第五章 创意的动机

盾更加根本,不解决它,寝食难安。我们知道,这种精神矛盾是隐形的,很多人想要解决它,却无从下手,久而久之,就造成了焦虑。这种心态已经成为大都市中人们的一种基本心态。"焦虑是危险逼近的时候产生的警告,弗洛伊德将它分为三类。客观性焦虑、神经性焦虑和道德性焦虑。任何形式的焦虑都是令人不舒服的。因此,体验到焦虑的个体总是设法降低或消除焦虑,正如人们总是试图减少饥饿、口渴和痛苦一样。自我的工作就是应对焦虑,为了降低客观性焦虑,自我必须有效应对物质环境,为了应对这些焦虑,自我必须使用弗洛伊德所谓的自我防御机制。弗洛伊德相信,所有的自我防御机制有两点是相同的:它们都扭曲现实,而且它们都在潜意识水平操作。移置在精神分析理论中几乎随处可见,一般而言,它是用一个对象或目标取代引起焦虑的对象或目标。当移置表现为用非性欲的目标取代性欲的目标时,这个过程称之为升华。升华是文明的基础,我们被迫以间接的方式,通过诗歌、艺术、宗教、政治等其他体现文明特征的方式来表达。"[1]将这种焦虑诉诸文学看起来是一个步入文明的渠道。"由于文学创作的过程本质上是作家被压抑的本能转移的过程,以至于许多作家在创作前常常感到内心充塞了一种紧张的压迫感,产生了一种非一吐为快不可的冲动,并且在创作过程中常常感到一种无形的力量在支配着自己的行动,使意识不能自已"[2]。这就是作者创作的根本动机所在。

核心的精神矛盾就是世界上每一个优秀故事的精髓。倘若我们希望从事创作,那么我们就应该进行自我分析,找出那个潜藏在

---

[1] 徐洁莹.从精神分析视野看张爱玲的小说创作[J].安徽文学,2009(3):52-53.
[2] 叶中强.压抑、转移和文学:精神分析学说和中国现代文学创作某些现象的断想[J].社会科学,1995(6):51-54.

我们内心深处的核心矛盾，让它成为我们创作的素材，成为我们创作的不竭动力。

## 第三节　自我的实现

自我的实现是一种正向的创作动机。正向动机是一种主动的机制，作家拥有了这种动机，他想要去写作，想要去完成作家梦想。每个人都有追求更高层次自我的动机，希望在有生之年能有所作为。对一个作家来说，自我的实现这种创造性的动机，可以为作家提供激情和灵感。

在马斯洛看来，我们每个人与生俱来有很多基本需求，这种需要的满足就是我们的自我实现。"人的需要（或需求）是有机体的一种匮乏状态，它促使人去满足这种匮乏。它就像一个需要填充的洞。这种需要的充填就是所谓的自我实现。"[1]这些最基本的需要是动机的源头，是动机产生的心理根基。需要相比于动机来说，具有先天性，因为需要是维持个体生存的基础，而动机具有后天性，是人的言语和行为的基本动因。

马斯洛认为，我们每个人的独特性正源于这种动机。动机影响到个体的方方面面，而不是某一部分。个人特质就是行为的指向性，而行为的指向实则受到动机的控制。动机是内在的，行为特质则是表征性的。我们认为创意的一大来源正是每个人的个人特质，可见，动机通过影响人的特质而影响人的创意。

马斯洛说，我们每个人的需要呈现出一种层次性。第一层次

---

[1] 车文博.人本主义心理学[M].杭州：浙江教育出版社，2003：66.

是最基本的生理需求,第二层次是安全需求,第三层次是社交需求,第四层次是尊重的需求,第五层次是自我实现的需求。在第一层次中,我们需要首先解决我们的温饱问题,以及我们血缘延续的问题,这两者构成了最基本的生理需求,此即"食色,性也!"第二层次中,在满足了最基本的生理需求后,我们需要安全稳定的生活条件,以保存我们生命。第三层次中,我们每个人都需要与别人沟通及合作,以打破我们的孤独状态,同时也更利于通过团体的力量来保护自我。第四层次中,我们在群体生活中,需要维护我们的尊严,需要别人给予我们最基本的尊重,而在这个过程中也发展出了等级、平等观念等。"一是希望得到别人的尊重,如得到关心、承认、赏识、赞许、支持和拥护等,由此产生认可、威信、地位等;二是个人对自己的尊重,由此产生胜任、自信、自强、自足等情感。尊重需要如能得到满足,那么人们就会产生自信心,觉得自己是有价值、有实力、有能力、有成就的人,否则就会引起自卑感、软弱感和无能感。"[①]第五层次中,每个人都有自我实现的需求。它包括知的需要和美的需要。知就是获得更多知识,对广袤的世界有更大程度上的认知和理解;美就是审美的需要,需要获得更多的美感体验来满足心灵。这个层次中,还包括满足自我的创造性需求——更顺利地实现自我应该成为的那个样子,为这个世界创造出自我的价值,这就是创造性需求。

需求的层次性导致了动机的层次性,这种层次性结构中体现出的上升性力量,被马斯洛称为人的潜能。当处在金字塔底端层次的需求得到满足后,新的动机和力量就会产生。生理需求得到

---

① 车文博.人本主义心理学[M].杭州:浙江教育出版社,2003:125.

满足,安全的需求就会产生;安全需求得到满足,社交需求就会产生;社交需求得到满足,尊重需求就会产生;这些基本需求得到满足之后,人的自我实现的倾向就会被发现。

何谓"自我实现"? 自我实现就是每个人成为自己应当成为的那个人,而不是别人要求的那个人。"一个作曲家必须作曲,一位画家必须绘画,一位诗人必须写诗,否则他始终都无法安静。一个人能够成为什么,他就必须成为什么,他必须忠实于他自己的本性。"①在这个阶段,人不断地走向内在自我的实现,他开始肯定自我的价值,注重发掘自我的本性,不囿于外在制式化的观念,反而能与社会取得更大程度上的协调性,并且容易为社会创造价值。

马斯洛是这样描述的:"自我实现者可以比大多数人更为轻而易举地从一般、抽象和各种类型中辨别出新颖的、具体的和独特的东西。其结果是,他们更多地生活在大自然的真实世界中而非生活在一堆人造的概念、抽象物、期望、信仰和陈规中。……自我实现者更倾向于领悟真实的存在,而不是拘泥于他们自己或他们所属文化群的愿望、希望、恐惧、焦虑以及理论或者信仰中。"②于是,成熟的作家就是这样一个自我实现者,他更能趋近自我的本质,更大程度上发掘自己的潜能,获得一种更圆满的存在状态。

车文博认为,圆满人性和个人潜能主要包含这些方面:完满人性指人类共性的潜能,包括友爱、合作、求知、审美、创造等特性或潜能。个人潜能是指个人未来可能发展的潜在能力,亦可称个人

---

① 马斯洛.动机与人格[M].许金声,等,译.北京:中国人民大学出版社,2007:53.
② 马斯洛.动机与人格[M].许金声,等,译.北京:中国人民大学出版社,2007:162.

特性①。这些共性的潜能和个性的特质通常被视为每个人梦寐以求的愿景，但实则它们是我们内在的潜能和力量。很多人认为创作能力是一种天赋，包含在创作能力中的知和美是特殊的天赋，但须知，这并不是某些人特殊的天赋，而是每个人具有的能力。它不是愿景，不是虚无缥缈的东西，它就内含于我们每个个体当中，只不过需要我们去发掘而已。

层次升级的过程并不是一个跳跃性的过程，而是一个缓慢的从无到有的过程，总体上呈现出一种波浪式的发展状态。当第一种需要得到满足的时候，也许其他高层次的需要已经同时产生了，而不需要像爬楼梯一样一层一层地迈进。很多作家一旦温饱问题得到解决，就去追求自我实现，在这个过程中，他的尊重需求或许并没有得到满足。他被家人和朋友所误解，被情人所指责，但是他并没有放弃他的作家梦想。

创造性的自我实现的动机不是一种被压抑起来的欲望，而是一种积极向上的人的本质需求。"动机就是个性发展、个性表达、成熟、发展；一句话，就是自我实现。"②如果我们说压抑的欲望是一种匮乏性动机的话，那么自我实现的动机则是一种富足性动机。它能够助力人的自我成长和发展。

艺术创作究竟可以对自我的实现带来什么？在哪些层面上达成了自我的实现？我们认为包含以下几点：

第一，创作可以给生活塑造新的形式。"写作可以改变人们，因为写作创造了与现实平行的新世界以及宇宙的可能性。最好或

---

① 车文博.人本主义心理学[M].杭州：浙江教育出版社，2003：131.
② 马斯洛.动机与人格[M].许金声，等，译.北京：中国人民大学出版社，2007：167.

者至少,创意写作提供了生活的形态。一些人认为,写作仍然是一个'诡计',甚至是一种'游戏'——就像大多数人有时候制作的或玩的东西。然而,当培育建立在天性上,那么生活不仅可以过得很好,还可以被塑造和给予另一种形式。"[1]创作为世界提供了更多的可能性,这些可能性是平行的,生活的指向是多维度的。

第二,创作有助于自我发展和自我觉醒,这些由自我觉醒所产生的心得又可以惠及他人。写作可以唤醒自我——它逼迫自我超越其智力与日常注意力——以及所有的能够令自我思考的事情,并追求更加清晰且广泛的观点。

第三,创作可以带来更多的高峰体验。马斯洛认为,在非常深入的创作状态中,个体会体验到一种自我的超越和消融感,个体达到一种完全的忘我状态,完全投入艺术创作的专注体验中,会产生一种艺术的献身精神,如同站在峰顶一样。届时,"无限宽广的地平线在眼前展开,同时出现未曾有过的更有力和更无助的感受、极度狂喜、迷茫、敬畏感、失落于时间与空间之中的感受,最后,意识到发生了非常重要和有价值的事情的感受。"[2]这种状态不仅出现在文学创作中,还可能出现在艺术欣赏中,包括音乐、绘画、戏剧等。马斯洛认为高峰体验能为艺术家带来巨大的价值,这些价值包括:

一是创造性更加释放。"自我实现者的创造力似乎与未失童贞的孩子们的天真的、普遍的创造力一脉相承。它似乎是普遍人性的一个基本特点——所有人与生俱来的一种潜力。这些人更少拘谨、更少受束缚、更少受限,一句话,更少为文化所同化。用积极的术语

---

[1] David Morley. *The Cambridge Introduction to Creative Writing* [M]. Cambridge: Cambridge University Press,2007:3.
[2] 马斯洛.动机与人格[M].许金声,等,译.北京:中国人民大学出版社,2007:173.

来表达的就是：他们更爱自然、更具自发性和人性。"①在高峰体验当中，作家的创造性似乎得到了更大程度上的释放，似乎没有什么能够压抑他们，他们文思泉涌，信笔由缰。这种高峰体验比灵感体验来得更为强烈，灵感或许只是惊鸿一瞥，而高峰体验则是一种持久的快乐感受。

二是身心更加健康。"一个人的情感越是健康，他就越有可能产生高峰体验。同样，我们经历的高峰体验越多，精神世界就越是健康。"②在短暂的高峰体验中，个人的恐惧和焦虑烟消云散了，他放下了自我的防备心，将压抑已久的心灵重新打开，他不需要再进行自我克制，因为他感受到本然的状态就是最好的状态。

三是"第二次纯真"。我们往往在作家身上发现，他们在生活中似乎充满了天真和童趣，但是他们在艺术修养上却老练成熟，他们能将这两种品质完美地结合在一起。作家身上的这种纯真，"它是自发、轻松自然、纯真、自如的，是一种与一成不变和陈词滥调迥然不同的自由。它的主要组成部分似乎就是无感知的'纯真'、自由和不受束缚的自发性和表达性"③。他们的个性如此突出，如同孩子一般天然释放，但是他们的个性却一点都不会让他人产生排斥的感觉。"他们较少有对他人的言语、要求或嘲讽的恐惧。正是这种对他们自己较深层次自我的认可和接受，使得世界的真实本性的接受成为可能，也使他们的行为更具自发性（较少受控、较少抑制、较少计划、较少意愿和设计）。"④他们并不像孩子一样以自我

---

① 马斯洛.动机与人格[M].许金声,等,译.北京：中国人民大学出版社,2007：179.
② 爱德华·霍夫曼.高峰体验对健康的意义//童庆炳.文艺心理学教程[M].北京：高等教育出版社,2001：60.
③ 马斯洛.动机与人格[M].许金声,等,译.北京：中国人民大学出版社,2007：202.
④ 马斯洛.动机与人格[M].许金声,等,译.北京：中国人民大学出版社,2007：204.

为中心,而是超越了自我,进入无我的境界,陶醉在艺术生活当中,一心只为完成他的艺术使命,完完全全以写作为中心。

四是二分法的消解。"在健康者身上,心与灵、理性与本能或认知与意动之间由来已久的对立消失了,它们的关系由对抗变成协作,它们之间的冲突消失,因为它们表达的是同样的意思,得出的是同样的结论。"①有高峰体验的人能够将所有的冲突和二分看作生命必要的两个维度,将其对抗性的关系转化为依存性的关系,这是就其对外部世界的看法而言的。就他们的内部而言:"高峰体验的一个基本方面是体验者内在的整合以及随之而来的体验者与世界的整合。在这些存在的状态中,人成为一体化的了;在此时,他内部的裂痕、对立、分离趋于被消解;内在的纷争既未胜也未败,而是被超越了。"②二分法的消解使思维能力大幅度提升,创造性的人格往往能同时容纳两种截然相反的观点。

五是整合能力的提升。因为超越了二分法的思维,高峰体验者能够将外在看似不协调的、有对立性的事物整合起来,在文学作品当中,善与恶、美与丑、真与假,他们都能够将其整合起来。《巴黎圣母院》中的卡西莫多,就是一个将外形的丑和内心的美完全整合起来的角色。这是雨果的整合能力。与此同时,高峰体验者不仅能够整合外部世界,而且能够整合内在自我。"不仅这个世界,就连他自己也变得更为一体化,更加整合,具有自我连续性。他更加成为他完全的自己、具有自己的特点、与众不同、独一无二,并且由于他是这样的,他能够无需费力就更容易地具有表达性和自发性。他所有的力量以

---

① 马斯洛.动机与人格[M].许金声,等,译.北京:中国人民大学出版社,2007:180.
② 马斯洛.动机与人格[M].许金声,等,译.北京:中国人民大学出版社,2007:206.

最有效整合和最协调的方式集合起来,比平时组织和协调得更完善。然后,每件事情都完成得异乎寻常的轻而易举、易如反掌。抑制、自我批判趋于消失,而他成为自发、协调、高效的机体,没有冲突与分裂,没有犹豫和疑惑,在一股巨大的力量之流中,像动物那样地运转着,运转得如此轻松。"[1]他们对自我的怀疑和批判都化解了,内在自我的双重性人格也都自行消解。在创作中,他们更加得心应手,更加轻松自在地书写自己的文字,似乎一点阻力都没有,这都建立在内在自我的对抗力量消失的基础之上。在高峰体验当中,通过激发出最本质的整合能力,自我的经验得到最大限度的提升。可见,这种整合体现在自我与外在的整合,以及自我经验内部的整合。

压抑的欲望和自我的实现是两种根本性的创意动机。毫不夸张地说,动机决定了作品的成分,决定了作品的品质。为什么呢？

一方面,动机提供了作品的向度,我们的意念朝着哪个方向思考,我们的意念就会统摄这一方面的材料,直到形成作品,所以说,动机决定了作品的成分。另一方面,动机提供的动力和持续程度,是不是足够强大,决定了作品能不能持续推进思考,能不能挑战一些观念,力图实现更大的创意,因此,动机决定了作品的品质。

鉴于此,在创作过程中,作家可以不断拷问自己的动机。不断地问自己"为什么""是什么""如何做",一层层剥离下去,查找到自己最初的动机,反省自己的动机,并且问：这个动机值不值付出毕生心血去写作？通过这种方式,可以慢慢发现自己真正的需求,可以廓清杂念和虚荣心,扫除廉价的表现欲,真正地为自己的写作找到依据。倘若我们能真正面对自己的动机,将其带入创作中,无疑对创意的实现具有极大的助力。

---

[1] 马斯洛.动机与人格[M].许金声,等,译.北京：中国人民大学出版社,2007：206.

# 第六章　创意的思维

创意思维在创作构思中起着非常大的作用,创意思维是对思维定式的克服。创意思维方式能够打破惯常思维模式,提升作品的创意。

思维方式也可称为思维风格。创意心理学家罗伯特·斯腾伯格是这样定义思维风格的:"一般来说,思维风格是指个体在解决问题或完成任务时运用智力和知识的倾向性。思维风格并不是指一种智能,而是指运用智能的方式。"[①]思维风格本身不是能力,但是它却能调度经验和知识而产生能力,由于个体思维风格的不同,能力与知识发生效用和产生的结果也迥然相异,由此带来了特殊性和创意。

国外创意写作学科体系内,有一门非常重要的科目——风格训练。其中很大一部分正是思维方式和思维风格的训练。思维方式影响行文风格,影响作者遣词造句的方式,而语句又给读者带来一种叙事声音,这些都在风格范畴之内。比如,激进型思维的人的文字往往是雄辩的,保守型思维的人的文字往往是绵密的。艺术型思维往往指水平型和发散型的思维,而研究型思维往往指垂直

---

[①] 罗伯特·斯腾伯格,陶德·陆伯特.创意心理学[M].曾盼盼,译.北京:中国人民出版社,2009:132.

型和聚焦型的思维。

思维方式属于人的高层意识，它必然出现在一定的知识积累之后，所以它很大程度上是社会型的，而不是天赋型的，也就是说，思维方式是随着环境和阅历而变化的，具有很强的可塑性。这是我们为什么要在本章探讨创意思维的原因。由于作家的思维是可以再次塑造的，我们就能够通过一定的方法来使作家的思维导向创意思维。在文学创作活动中，创意思维可以直接对文学构思发生作用，作家在构思环节自觉纳入创意思维，能有效地促使创意的产生，提升创意的品质。

## 第一节　思维的类型

我们需要对思维方式进行分类，再评价哪些思维类型更加有利于文学创意的产生。

根据思维的向度，可以将思维分为水平型思维和垂直型思维；根据思维的功能，可以将思维分为立法型思维和审判型思维；根据思维的形式，可以将思维分为专一型思维和无序型思维；根据思维的水平，可以将思维分为全局型思维和局部型思维；根据思维的范围，可以将思维分为内倾型思维和外倾型思维；根据思维的导向，可以将思维分为激进型思维和保守型思维。

一是水平型思维和垂直型思维。

水平型思维方式更能激发人们的创意。水平型思维方式强调的是或然律，主张跳出逻辑的框架，寻找那些非直接因果的联系，以求产生创意。这与垂直型思维方式完全不同，垂直型思维方式强调的是概然律，重视逻辑的贯通性、概念推论的正确性。水平型思维是一种向外发散的思维,而垂直型思维则是一种聚焦性的思维方式。我们认为,文学创意思维似乎和水平型思维方式的关系更紧密。

二是立法型思维与审判型思维。

立法型思维风格的人倾向于运筹帷幄,制定合理完善的计划,倾向于自主支配工作,因此他们往往能创造性地解决问题,并且能够提纲挈领,从纷繁复杂的事物中迅速理出头绪。很多作家在动笔之前,不断在心里酝酿一个想法,他们需要有完整的构思和结构,方才敢动笔写作。他们往往耽于遐想,但是却能够突然找出最便捷最有创造性的方法完成写作计划。这并不是投机取巧,而是真正找出了创造性的策略。维·什克洛夫斯基就曾经说过:"节省创造力的规律是公认的规律之一。通过最容易的途径把思想引向想要达到的概念,往往是唯一目的,并且永远是主要目的。"[1]审判型思维风格的人喜欢分析和评估任务本身,他们的优点在于往往能够客观评价某些任务的价值,但是缺点在于分析过多,给出的评价很多,但往往给出的建设性意见很少。这类人适合从事评估类工作,比如评委、协调员等。审判型思维的作家往往擅长于写评论文章,却不擅长于写创作文章。综上所述,我们认为立法型思维方式更有利于创意的发挥。

三是专一型思维与无序型思维。

专一型思维风格的人喜欢集中精力完成一件事情,而不希望自己同时把精力耗在不同的事物之上,他们更喜欢完成一件事情后再从事另外一件事情,一旦有其他事情打扰到他专注的事情上,

---

[1] 维·什克洛夫斯基.散文理论[M].刘宗次,译.南昌:百花洲文艺出版社,2010:8.

他就会焦虑不安。一些作家喜欢闭关写作,就是在一段时间内,集中攻关,完成某个大部头作品。如莫言写作《丰乳肥臀》,皇皇五六十万字的巨作,只用了一个多月就完成了。无序型思维风格的人能够同时推进多项工作,展现出强大的统筹能力。这种类型的作家往往有很多半成品作品,不同作品同步推进,有些只有构思,有些只有寥寥数段文字,有些却已经接近尾声。倘若他们能够善始善终,把所有的半成品坚持写完,那么其创造力也是非常可观的。无序型思维风格往往天马行空、不拘一格,给人一种不讲逻辑、指哪说哪的感觉。这类作家更适合写作散文,而不擅长书写严谨的议论文。"一个拥有专一型思维风格的人可能非常有创造力,如果他专注于创造性工作;但也可能不太有创造性,如果他从事了一个不具备创造性的活动。而一个无序思维风格的人也可能有他自己的一套,但往往却少点儿自律和效率,以致难以用创新性的方式推进其工作。仅有能力和知识是远远不够的,你还需要观察人们是怎样组织其能力和知识的。"[①]不同的思维风格各有其优缺点,不可一言以蔽之,关键是要将思维风格的优点彻底发挥出来,而且还要将精力投入有实质意义的工作上来。否则,天马行空完全可能误入空谈的旋涡,而耽于遐想则只是徒耗精神能量。综合而言,我们认为专一型的思维更有利于创意的发挥。

四是内倾型思维和外倾型思维。

内倾型思维风格的人倾向于向内在纵深探索,他们不喜欢与人打交道,他们不善于横向收集信息。而外倾型思维风格的人倾

---

① 罗伯特·斯腾伯格,陶德·陆伯特.创意心理学[M].曾盼盼,译.北京:中国人民出版社,2009:153.

向于横向探索,他们热衷于与他人打交道,并且尽力从他人身上捕获信息。内倾型思维风格的作家更擅长写自传性文字,即便写小说,主人公的身上也会有作家自我投射的影子。而外倾型的作家则更擅长写社会题材,写他人的故事,因为他们能够将自我的思维移驾于他人。

五是直觉型思维与感觉型思维。

荣格将艺术家的思维风格分为感觉型和直觉型。感觉型的人是比较信赖可感触的感觉,他们更多是经验主义的,如果有些事情没有被亲身经历或者证明的话,他们往往不予采纳。而直觉型的人超越于这些实实在在的感觉,他们似乎有一种洞察,能够突然之间感触到基本的五种感觉之外的事物和观念,这让他们的创作看起来更像是神启而非人力,所以更有创意。感觉型的思维风格往往是局部的、知识可感可触的那一部分,而直觉型的思维风格往往能获得一种瞬息之间的完整性、一种无可挑剔的完整结构,甚至是不能再改动的。因此,直觉型思维方式更有创意。

通过以上的分析和比较,我们认为,水平型的思维更有于文学创作,而垂直型的思维更有利于学术研究。立法型的思维风格可能比评判型的思维风格更具有创意,专一型思维风格要比无序型思维风格更有创意。外倾型的思维风格和内倾型的思维风格的创意各有千秋,而直觉型思维风格则要比感觉型思维风格更有创意。还必须要提到的是,不同领域的创意往往需要不同风格的创意思维。在管理学领域,立法型的思维风格具有较大的优势,而如果放到评估学上的话,评判型思维风格无疑是最为合适的。如果放到营销学上的话,无序型的思维方式可能更具有活力。

## 第二节 脑力激荡法

脑力激荡法又称作头脑风暴法(brainstorming),国内也有人主张将其译为"集思广益",因为"头脑风暴"这个词容易产生误解,似乎暗含着一种破坏性力量。国内有学者这样定义脑力激荡法:"这是一种通过打破常规的思维方式,来激发个人与集体智慧而产生创新设想的思维方法。它要求人们通过交流想出许多主意,列出一长串创造性的解决办法,然后从中选出有希望的方案。"[①]"脑力激荡"的译法侧重于说明这种方法的协作性,不同人之间彼此激荡思想,形成合作。

这种方法是美国的亚历克斯·奥斯本(Alex F. Osborn)于1938年提出的一种创造性思维的方法。脑力激荡法的哲学依据在于:整体不等于部分之和,整体大于部分之和。在写作工坊之中,团队最终的创意是一个有机的整体,不可分解,也就是说不能算作是团队中个体创意的总和。这是格式塔心理学的基本观点。"格式塔"的意思是"形式""形状",由于它强调意识和思维的完整性,因此也被称作完形心理学。

格式塔心理学认为,人的意识和思维是一个完整的形态,被分解的部分并不能重新组织其完整性。因为人的整个神经系统和心理系统是一个复杂的交织在一起的网络,所有人为的分解都是武断的,都破坏了这个巨大网络之中非常微妙和敏感的一部分,即便它分解的依据、划分的标准看起来都很科学,却得出了并不科学的

---

① 谭轶斌.让写作训练中多一些"头脑风暴"[J].中文自修,2008(9): 52-55.

结论。例如文学创作之中的灵感是瞬息之间的完整意识。

这不仅限于个体的思维和意识,而且存在于群体思维当中。因为社会是一个有机的整体,受到经济、文化、制度等方方面面的影响,群体思维也打上了这种复杂的烙印。所以不同的人如果组成一个团体,这个团体的思想就没有办法再进行分解。

脑力激荡法是一种通过团体讨论、各抒己见、整合为一而产生新观点的方法。中国的一些成语,如集思广益、三个臭皮匠顶个诸葛亮,其实与脑力激荡法的观点不谋而合。脑力激荡法会形成一个完整的磁场、完整的创意场。从广泛的意义上来说,研讨会也是一种脑力激荡法的实践形式,大家就同一个主题进行研究和论证。国外的创意写作工坊最常用的方法正是脑力激荡法,由工作坊导师带领,不同成员之间针对某个创作主题,随机发表自己的意见,最后由工作坊的导师进行一重又一重提炼,直到最后找出最优构思方案;或是对创作过程中的某个环节进行讨论;或是到最后修改阶段,相互提出建设性的修改意见。在这个场域当中,不同的思想相互碰撞,缺陷得到弥补,创意得到实现。

脑力激荡的优势在于,你可以轻易地走出自我的局限性而获得更为丰富的新观点,这些新观点总归能打开你的思路,或许还可以帮你清理思维路障,使你在探索问题的过程中不至于走入死胡同而不可自拔。当所有人提出不同的观点、不同的策略时,这些观点在这个团体(工作坊)中,已经不仅仅是个人的观点,而是整个团体中不可分割的一部分,每个个体的意见都或多或少引发了其他人的观点,从而有机地整合出最终的观点。这个总的观点无论是筛选出来的,还是整合出来的,都建立在团体中每个人的观点和意见之上。

脑力激荡是一种创造性的情境，它不仅是为激发创造性观点而设置的，同时还能够将人导向一种快乐放松的心态，让人放松心态，排除依赖，消除威胁感。"我认为许多重要的教益可以来自治疗情境，创造性教育情境，创造性艺术教育以及创造性舞蹈教育中。这种情境是建立各种随意的、赞许的、表扬的、认可的、安全的、满意的、放心的、支持的、没有威胁的、不评价的、不比较的场合，即人可以感到完全安全和没有威胁的场合，这时，就有可能使他表现出种种次要的快乐情绪，例如敌意，神经病式的依赖性。一旦这些次要的快乐得到了充分的发泄，他就会自发地走向其他的快乐，旁观者认为是'高级的'或向前成长的那种快乐，如爱、创造性等等。"[1]相比于工作坊中形成的那些观点，也许这种创造性的情境和状态更能激发创意。

但同时，这并不意味着脑力激荡法就是简单的集体讨论，就是一种自由自在的环境和场域。这是对脑力激荡法的误解，也没有把握脑力激荡法的精髓。脑力激荡法是需要严格控制的，整个"场域"（工作坊、研讨会、会议室）当中，必须有一个深谙脑力激荡法的主持人来控制。它的背后是控制论的、技术论的，但台面上又是民主化的、自由轻松的。这就是脑力激荡的高明之处。如何实现这种"内理循序渐进，表外自由散漫"的形式呢？这需要掌控一系列最基本的原则：

第一是问题意识。在组织讨论之前，一定要有明确的问题意识。即讨论结束之后，我们要对什么问题作出解答。比如文章要选定的题材是什么，时间和空间是什么，第几人称叙事，视角是什

---

[1] 马斯洛.动机与人格[M].方士华，编译.北京：北京燕山出版社，2013：13.

么,等等。

第二是延迟评价。延迟评价可以保障发言者能够在轻松愉悦的氛围中完成表述。脑力激荡法的最核心观点就是要杜绝批判,自由奔放地发表自己的意见。

第三是以量取质。先追求观点的数量,客观记录所有观点,不进行任何筛选,认真研究所有人的观点之后,再对这些观点进行提炼和升华。

第四是可行性分析。在脑力激荡之后,对之前提出的各种观点的可行性进行分析。对于那些与众不同、超越性的观点,一定要分析其可能性,不能随意排除它。

第五是组合运用。脑力激荡最后得到的解决方案一定不是某个观点,而是观点与观点之间的组合。

## 第三节 思维导图法

思维导图法(mind mapping)又称心智图法,它的本质是发散性思维的表现,发散性也是人脑最基本的功能。思维导图的方法就是运用文字、符号、线条、图像、绘画等综合形式,将一连串单一的、孤立的、枯燥的信息通过一定的逻辑形式联系起来,变成一幅图谱。

作为一种思维训练方法,思维导图是20世纪70年代由英国记忆大师托尼·巴赞(Tony Buzan)提出的。思维导图一开始被应用于记忆领域,因为所完成的图谱更有利于记忆,能够大幅度提高人的记忆能力。现在思维导图已经大大超出记忆领域,尤其是演示文稿出现之后,其被大量使用于商业、教育、创意等领域。很多演讲家之所以能进行脱稿演讲,是因为在他的脑海中装着一幅思维导图。

思维导图的基础是发散性思维。人的思维指向是多元和无限的,因此,思维的发散方向也是无限的。如果我们做一个小小的实验,不同的人以"家"为关键词快速联想出 10 个关键词,一定要是第一印象,不管这个词有多么荒谬。写完之后相互比较一下,我们会发现这些关键词重合率非常低。实际上,每个人思维的发散性都是与众不同的。

思维导图的方法极大程度上运用了右脑,右脑是直觉之脑,其记忆能力是一种具象式的记忆能力,这和左脑不同,左脑是符号式和逻辑式的记忆。通过思维导图的方法,可以开发右脑的直觉能力。荣格说过,直觉型思维是更接近创意的。

1970 年,《科学美国人》杂志发表了拉尔夫·哈柏(Ralph Haber)的成果,受试者首先被安排观看 2 560 张图片,每一张看 10 秒钟,在 7 天里完成,然后哈柏拿出和该套图片相似的另外一套图片,将其杂糅在一起,让受试者从两套图片中选出此前看过的那一套,结果准确率在 85%～95% 之间。哈柏评论说:"这些视觉刺激的实验给人一种启示,说明人脑对图片的辨识能力天生就不错。如果我们放的不是 2 500 张,而是 25 000 张,结果可能还是一样。"[①]作家时常和语言文字打交道,似乎在一定程度上疏远了自身的观图能力,因此,倘若能够将图形能力和语言能力结合的话,对作家的创意将会有极大的帮助。"思维导图重新唤醒这种超凡的视觉化能力。大脑一边开发其画画的能力,一边还发展了思维的

---

① 东尼·博赞,巴利·博赞.思维导图[M].叶刚,译.北京:中信出版社,2009:71.

能力、感知能力、记忆力、创造力和自信心。"①如此可见，如果我们不使用自己的观图能力的话，我们真的是太浪费自己的天赋了。

思维导图的能量还在于，它所使用的思维方式不是点到点、概念到概念的那种线性思维方式，而是形象到形象的网面思维。因此，它大大打开了思维的面向，沟通了很多线性思维无法沟通的观念，联结了很多概念思维无法联结的关系。

对于创造性规律而言，思维导图方法可以说准确把握住它的脉搏。"对于那些创造性思维导图的制作者来说，新的意识本身即是在沉思过程当中，通过在旧范式里突然产生的顿悟而置入一个新的框架之中的。这样一来，思维导图的制作者就给他或她的思维增加了更大的维度，记录了范式不一的各个极端，不仅对所研究的主题获得了助记的成果和宏观的见解，而且导致创造性的新思想，并最终获取了智慧。"②创造性思维的方式其实和记忆思维相似，都是以联想和想象为主要方式，把两种相关的事物联结起来。但是记忆的目的不是生产新的事物，只是为了识记，而创造性的思维则是要把两种相关联的事物联系起来并产生第三种事物。在文学形象创作中，经常会发生类似的情况。美人和鱼组合起来就成了美人鱼，机器人和汽车组合起来就成了变形金刚。

通常情况下，作家构思往往采用的是单线条的方法，他们罗列关键词，形成有规则的条条框框，这种方法在一定程度上是不利于创意思维的。东尼·博赞说："以列单形式出现的线性笔记直接与思维的工作原理相左，因为它们生成一个观点，接着又故意从前一

---

① 东尼·博赞，巴利·博赞. 思维导图[M]. 叶刚，译. 北京：中信出版社，2009：79.
② 东尼·博赞，巴利·博赞. 思维导图[M]. 叶刚，译. 北京：中信出版社，2009：168.

个观点或者紧随其后的一个观点上砍掉它。不断地使一个观点与其环境割裂开来,这会阻碍和损害自然的思维过程。"①但是如果采用了思维导图的话,"进入你大脑的每一道信息——每一种感觉、记忆或者思想(包括每一个词汇、数字、代码、食物、香味、线条、色彩、图像、节拍、音符和纹路)都可以作为一个中心球体表现出来,从这个中心球体可以放射出几十、几百、几千、几百万只钩子"②。这样不仅可以将逻辑形式纳入,而且可以将语言、符号、数字、色彩、形象、节奏、感官、运动、空间意识等纳入构思中。我们知道,一个精湛的文学段落里必然包含了这些元素,能给读者打开一个丰富的知觉空间和想象空间。

实际上,我们经常会看到,很多创造性作家的日记和手稿中不仅包含了文字,还包含了很多符号、图画、漫画、人物关系图等。其实,作家有意或无意地使用了思维导图的方法。卡夫卡喜欢在手稿中画漫画。陀思妥耶夫斯基的《卡拉马佐夫兄弟》的手稿简直像一幅藏宝图,又有图形,又有文字,而且其中的句段之间的联结之复杂,令人慨叹。纳博科夫喜欢在小卡片上打草稿,第一稿往往也是图形、文字的结合体。赫弗伦在《作家创意手册》一书中,提到了几种创意的方法,其中一种是"聚合法","聚合法是一种创意产生的装置,它通过瓦解线性思维而进入右脑。你绘制圈子而不是逻辑、因果、上下关系的线条。然后,创意汇入你的大脑,用一个单词或者一句话把它写下来,把它们圈起来并且通过连接关键词将其辐射开来"③。这实质上就是一种思维导图的方法。

---

① 东尼·博赞,巴利·博赞.思维导图[M].叶刚,译.北京:中信出版社,2009:87.
② 东尼·博赞,巴利·博赞.思维导图[M].叶刚,译.北京:中信出版社,2009:51.
③ 赫弗伦.作家创意手册[M].雷勇,谢彩,译.中国人民大学出版社,2015:48.

我们认为,思维导图方法对于作家的构思是十分具有启发意义的。符号与符号之间、文字与文字之间、图像与图像之间的联系,有时是有意识的,有时是无意识的。这种导引的图谱不仅可以帮助作家主动建立一些想要的联系,甚至可能产生一些意想不到的联系,作家的灵感可能在这个过程中激发出来。当他忽然发现某个图像和某段文字之间居然可以联结起来的时候,他自己或许也会感到惊讶。

思维导图可以用来建构人物角色的关系图谱,而且这种图谱能够推动情节的发展,不仅帮助作家导出情节,还能帮助作家发掘情节产生的原因。赖声川曾经问金庸如何写小说:"他说他花非常多的时间建立角色,在他脑中想好所有角色,角色完整到已经完全有生命的地步。他说,只要角色到了这个地步,把他们放在任何状况里,'他们自己就会跑'。这个说法很传神。角色的个性是推动任何一本小说情节的第一因,先把每一个角色想得都跟真人一样,有喜怒哀乐,再把这些真人放在一个个情境中,一起互动,前因推动后果,小说似乎就能自己写自己!这就是'导因,不导果'的绝佳案例。"[①]可见,思维导图在建构人物关系图谱的时候,能够使人物之间联动起来。

作家在构思期间,可以尝试制作思维导图。中心概念尽量使用图画,而不要使用文字,凡是可以用到图形的地方,都尽量使用图形而不要使用文字,这样可以大大提高思维导图的效用。从这个中心图画开始,衍生出一个个副中心,这些副中心又辐射出去,形成无数分支,因此思维导图尽管是二维的,但是它实际上给人的

---

[①] 赖声川.赖声川的创意学[M].桂林:广西师范大学出版社,2011:160.

感受是空间性的。

第一，初步释放思维导图。写下一个中心概念，或者画一张中央图，在短时间内，不要让思想受到任何限制，所有能想到的观念让它自动流溢出来，即便是荒诞的念头也应该加进去。荒诞或许有其内在的合理性，要以新眼光打破旧思维和旧习惯。

第二，第一次重构和修正。开始画第二张思维导图。辨认出主干或者基本顺序思想，合并，归类，建立层次，找到新联想。在完成的思维导图中再一次考虑一开始认为是愚蠢的或者荒诞的想法。它可能违反了规则，因为中央图和主干再也没有中心意义了。

第三，暂时放下这个导图。我们知道，灵感经常处于大脑放松的时刻。让自己陷入放松状态，让大脑建立新的联系。

第四，第二次释放思维导图。当大脑经过冥想放松之后，建立了新的联系，就会有新的导图形式出现。在第二次释放过程中，新的观念、图像及其联系，大大丰富了第一个导图，而且对第一个导图起到了补充和加深的作用。

第五，最后检验阶段。思维导图法所产生的新的联系可以用"七何检讨法"检验其合理性和可行性。"七何"指的是：何时、何地、何人、何事、何法、何因、何果。当作家失去了写作方向时，就可以从这七个方面来检视自己的写作。七何检讨法是一种帮作家找回正确写作途径的方法。如果作家短暂地迷失了，不妨重新以七何检讨法来检验自己的写作。如果这个角色不行，是不是可以换一个角色？如果这个角色不应该干这件事，是不是可以换一件事情去做？如果不是这么做，那么应该怎么做？如果不是发生在这个时间段，还可以是什么时间？如果不是发生在这个地点，那还可以发生在什么地点？这是一种快刀斩乱麻的方法。如果写作不知道要如何进行下去，不妨在稿纸上重新进行七何检讨，这一方法总能让人走出迷宫。换个角色不行就换件事情做，换件事情做不行就换个地点做，换个地点做不行就换个时间做，换个时间做不行就换个方法做，山重水复后总会柳暗花明。

## 第四节　曼　陀　罗　法

曼陀罗是一个佛教用语，它指的是"聚集"一切圣贤和功德之处。我们可以将曼陀罗理解为将佛法的精神和智慧"聚集"起来，并以图像的方式表现出来，这是一种"化知识为智慧"的图谱。这种图谱是一种行之有效的创意思维方式，它可以迅速将所学的知识化为智慧，并产生相应的实践效应，应用性极强。

曼陀罗思维法又被称作"九宫格法"。曼陀罗思维法是日本学者金泉浩晃根据日本空海大师带回的佛教经典《胎藏界曼陀罗》和《金刚界曼陀罗》而创造的思维方法。

这种思维方法以九宫格为基础，像是我们玩的魔方的一个平面，一般将自己的观念和笔记填写在九个格子里，这九个格子以中央的观念为核心，其余八个格子是围绕着中间一个最核心的格子而演绎出的子观念，这样便形成了一个朝向四面八方散射的思维形态，继而再以外围的八个格子为基础，各散射为八个格子，如此便快速生成八八六十四个格子，也就是迅速以一种观念扩充为六十四种观念（见图6-1）。

在曼陀罗法中，由于知识和观念不再以单线条的形式推衍，直线思维变为空间思维，因此曼陀罗法可以催生很多新观念，它跳出

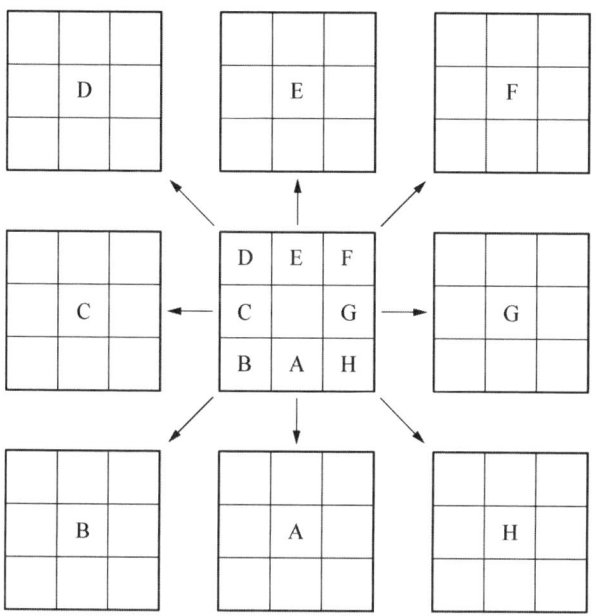

图 6-1 曼陀罗法(辐射型)

了我们惯常的直线思维方法,将思维向度扩展到四面八方,而且是梯次的几何级数的增长,可以迅速捕获更多的灵感。因此,曼陀罗法可以增强人的思考能力、理解能力和创意能力。它的功能如此强大,因此被广泛应用于知识管理、文案企划、人际拓展等方面。

我们这里拟将曼陀罗法用于文学构思。在真正应用之前,我们还需要了解曼陀罗思维的种类,在那个神秘的九宫格当中,不同的辐射方向会带来不同的结果。曼陀罗法基本上可以划分为辐射型和围绕型,而围绕型又可以分为顺时针围绕型和逆时针围绕型。

如果将其用于文学创作的话,可以在九宫格最中央写上主人公的名字,然后根据这个主人公,写出与这个主人公关系最密切的另外几个人物,当然可以不必填满所有的格子,然后根据次要人物,再向四面八方辐射。如此一来,至少有64个格子可以去填充,也就是有64种可能性出现。就像花朵一样,给它们充足的阳光和雨露,它们就会依次开放。在文学中,只要你想建立联系,随着主要人物、次要人物的关系向外延伸,也可以依次铺展开来。这种思维方法是最典型的曼陀罗法。

这种思维方法的优势在于,它不仅能让作家拓展小说中的人物关系,更重要的是,如果展示出某些空白的人物关系时,也就是说围绕这个人物的关系还远远不够时,能够刺激作家去补充人物关系,去设想新的人物。

这种思维方法还有一个优势,倘若某个人物外围的八个空格已经无法包容他最直接的人物关系,也许他有九个或者十个人物关系摆在那里,那么是不是要和最初设置的主人公调个位置?这个人物才是当之无愧的主人公。这种思维总是能够给人以新的启发。

我们知道著名导演昆汀·塔伦蒂诺最擅长的就是创造精密的故事结构。复杂的人物关系的搭配,并行的几个故事线条,最终导向一个最核心的场景。他曾经在采访时提到,他在绘画人物关系图谱时,受到了东方曼陀罗智慧的启发。其名作《低俗小说》的几组人物关系,就是通过曼陀罗法完成的。最核心的人物是文森特,与文森特相关的核心人物是他的老板马沙、他的朋友朱尔斯;围绕马沙的人物又出现了他的女友米娅、他的打手布奇;围绕布奇又有几个小人物,包括布奇的女友、布奇的黑人朋友等;围绕朱尔斯的则是盗贼小南瓜和小兔子。由曼陀罗法来梳理人物关系,就会清晰很多。这种就是辐射型的曼陀罗法。

接着要介绍围绕型曼陀罗法之一的顺时针围绕型(见图6-

2)。相比于辐射型的思维,我们认为围绕型的思维方式倾向于聚敛型。故事最核心的观念和主题居于中央,往外第一个格子就是故事的开局,由开局引向故事的一个个经过,这每一个故事的经过又是和主题密切关联的,直到最后导向故事的结局。因为在九宫格矩阵当中,这样的设置可以时刻提醒作家:这个故事环节有没有观照到主题,有没有偏离主题?就视觉性而言,这比单线条的构思方式要更加有效。

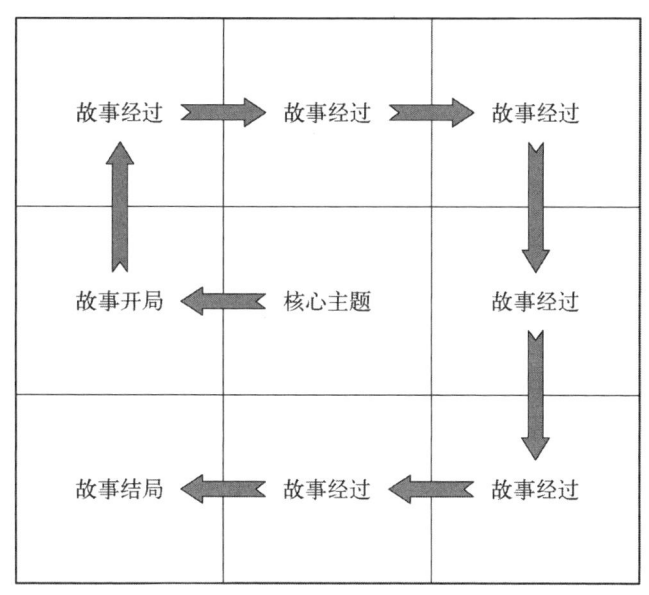

图 6-2　曼陀罗法(顺时针围绕型)

围绕型曼陀罗法之二是逆时针围绕型(见图 6-3)。与顺时针围绕型思维方式相同,它也是根据最核心观念,由外围进行围绕型的思考,而且每一个格子都要关注最核心的观念。但是这种方式又增加了一个逆向思考,并不是直接从故事的开局开始,而是从故事的结局开始,一步步倒推着去构思。如此一来,就不仅能得到按照顺序讲述的故事,而且能够得到按照逆序讲述的故事。这样一来,作家就可以比较到底是顺序讲述的故事更能吸引人,还是逆序讲述的故事更加引人入胜。经过比较和筛选后,作家就能得出更有益的探索和构思。

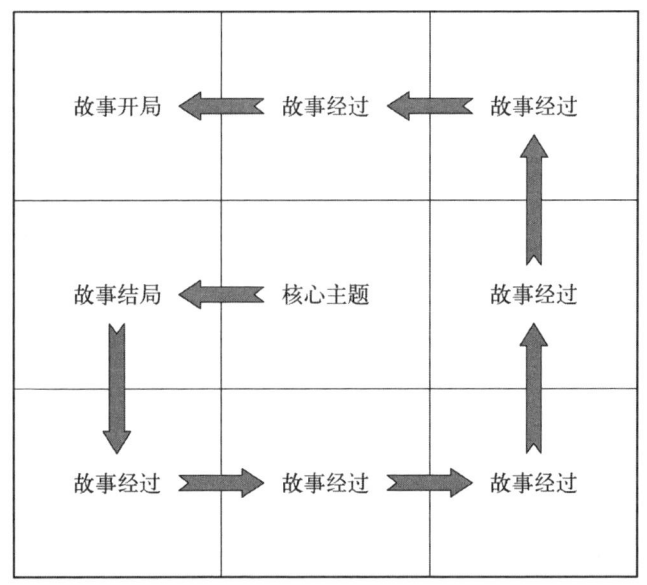

图 6-3 曼陀罗法(逆时针围绕型)

我们可以根据围绕型曼陀罗法来建构我们的写作情节。

第一,大致厘定要表达的故事核心是什么,最主要的观念是什么。

第二,根据故事的核心主题,建构九段故事情节。这个时候,情节与情节之间可能是看不出关联的,可能是相互独立的。唯一的联系就是与核心主题的联系。

第三，建构核心的九个情节，选定故事开局，根据故事的开局，选定与故事开局最密切的一个情节，如此按照顺时针方向，一步步推衍下去，需要注意的是，每一段情节都要和主题保持非常紧密的关系，同时情节和情节之间又保持因果关系，直到推导出故事结局。

第四，逆向思维，根据建构的八个情节，首先选定故事结局，以逆时针开始建构，一步步倒推回去，如此有没有发现另外一种讲述故事的可能性？

第五，可不可以打乱故事中的某个情节，仍然不影响与故事主题的关联性，并且不影响情节与情节之间的关联性？发现故事情节的新的可能性。

第六，顺时针和逆时针的情节建构，其中任何一个情节都可以作为故事的开局或者结局，如此一来，有可能实现从故事的中间部分讲起，或者从开始部分讲起，或者从结尾部分讲起，等等。因此，故事讲述的顺序就会产生多种变化。

通观以上提到的创意思维方法，我们认为创意思维方法更青睐水平思维方式。不管是脑力激荡法、思维导图法，还是曼陀罗法，都是水平型思维方法。脑力激荡法主张打开自我的观念，接受他人的观念；思维导图法主张寻求不同信息元素之间的联系；曼陀罗法所创造的九宫格法是对核心元素有意识分解。这些都是水平扩散的思维方式。

# 第七章　创意与灵性

创意灵性贯穿于整个艺术创作活动中,是对整个创作活动的维护和支持。灵性不仅存在于"创意生发"的环节,还存在于"写作赋形"阶段;不仅存在于创作的始发过程,还存在于创作的继发过程和整合过程。开发创意灵性能够极大程度上提升创作品质。

在我们看来,灵性是创意和灵感的最根本来源。灵性本身就是自足的、圆满的、高层的创意。它存在于每一个人的身上,每个作家都拥有这种宝藏,无须向外求索,只要向内探寻就可以觅得。

因此,我们要善于开发这种创意的灵性,来提升整个创作的层次和品质。为了开发这种灵性,我们必须改变我们观看事物的视点,形成一种创意视角。为了开发这种灵性,我们必须提升我们创作的心境,形成一种创意心境,为创意的产生提供沃土。

## 第一节　灵感与灵性

进入 21 世纪以来,文艺心理学几乎成了一个"鲜有人至"的领域,近些年来甚至都没有产生有影响力的文艺心理学方面的成果。

中国文艺心理学自诞生以来,在诸如美感经验、欣赏心理、交往心理等方面都取得了不菲的成果。然而,对于在创作心理中的灵感理论问题的研究却陷入瓶颈,一直停滞不前,之前很多学者对灵感的阐释在今天看来甚至是谬误的。因为灵感太过神秘,实在难以把握,人们对它的探索大多止步于"未识开塞之所由",或者浅尝辄止、蜻蜓点水地描述一番;或者干脆对文学创作中的灵感和人力进行"三七分,一九开",我们只需要顾及那多半的"人力",对于属于"天力"的灵感,我们无可奈何。缪斯女神很吝啬,她愿意把灵感施舍给谁,那是她的事情,我们说了不算。所以,对于文艺创作中一个重要的心理现象——灵感,一直是悬而未决的,人们多对其避而不谈。

对灵感问题的探讨值得进一步深化,毕竟文艺心理学的两极是创造心理和欣赏心理,而创造心理无论如何也是绕不开灵感的。艺术家有很多黑匣子,最难打开的还是灵感的黑匣子。在以往文艺心理学著述中,一批文艺心理学学者在"如何获得灵感"这个问题上有过很多探索,但大多是一些感受性的和猜测性的,停留在"这种方法可能有效"的层面上。不过,我们在梳理20世纪80年代以来的这一批灵感理论成果(如鲁枢元的《文学与心理学》、金开诚的《文艺心理学概论》、朱寿桐的《文艺心理发生论》,以及童庆炳和程正民的《文艺心理学教程》等)的同时,惊喜地发现,就在这些感受性的和猜测性的建议后面,掩藏着重要的心灵学的思路,这与现代超个人心理学的发展不谋而合。灵感这个悬置起来的棘手的理论问题,有可能在西方超个人心理学的发展和东方哲学的进一步发掘的大背景下,获得新的推进的可能。

## 一、灵感的存在毋庸置疑

对于灵感的存在,有些人颇有微词,那些认为灵感不存在或者灵感不可信的人,往往执以下两种观点:

第一,灵感只不过是艺术家欺人的搪塞之词。艺术家们把灵感、天资和禀赋作为自己的标签,声称艺术只可能是一小部分人的行当,并借此霸占了艺术的创造权,挤兑那些没有入行的人,以保障自己的优越感。这种声音当然是一种愤慨之词,不过它事出有因。现实中的确有很多修养不高又故作高深的伪艺术家,打着天赋和灵感的旗号,摧毁门外人的信心,拒斥一部分人的热情,好像那些人根本不配从事艺术。于是那些还没有入行的人,索性不相信灵感,大家人人平等,这样就在心理上降低了准入的门槛,获得一种平衡和安慰。另外,现实中又确实有很多艺术家抱着这样的观念,他们认为一个人的天资决定了他在艺术道路上的修为,因为他们实在解释不了那些发生于己身的神秘灵感,可他们又偏偏得益于此,自然对它深信不疑。这些艺术家一开始畅快地谈论灵感,后来惹人非议,徒增烦恼,就索性降低姿态,再也不谈灵感,这倒真表现出了他们的风范。那些认为艺术家用灵感来欺人的说法中,一是的确有些人太过麻木,不够敏锐,总和灵感擦肩而过;二是这种声音里藏着一股浓浓的怨气,仅是发发牢骚而已。所以欺人之说是不能成立的。难道古人、前人对灵感降临时的描写和记录,都是空穴来风、无中生有吗?陆机《文赋》中的"来不可遏,去不可止。藏若景灭,行犹响起。方天机之骏利,夫何纷而不理。思风发于胸臆,言泉流于唇齿"。皎然《诗式》中的"有时意静神王,佳句纵横,若不可遏,宛若神助",都证明灵感经验是普遍的。

第二,艺术创造是一种积累,灵感只不过是水到渠成。随着一位艺术家对材料的积累、手法的积累、传统的经验积累,达到一定程度时,自然而然会发生量的变化,艺术作品由此而生。如果艺术仅仅是积累的话,那么我们如何解释那些发生在少年天才身上的灵感呢？莫扎特在6岁时就能谱曲，他积累了很多音乐知识吗？骆宾王在7岁时就会写诗，他积累了很多诗歌知识吗？反过来讲，很多在学识方面有很深造诣的人，在创作上却捉襟见肘。他们的积累似乎没有和他们的创造力形成正比，很多人反倒成了老学究。实际上，持这种观点的人恰恰是认同灵感的人。他们就是那些持"三七分，一九开"的人，他们本意是想要给灵感留下一席之地，不过他们觉得还是干脆把话说绝了好，最好是灵感在创作中连半分占不到，彻底忽略那些不可控的因素，打消那些妄想不劳而获、坐等灵感的念头。说灵感存在不仅于事无补，反倒是增添了一批人的惰性，贻误了一批人。所以说，他们是善意的、诚挚的，他们恨不得所有的人把艺术认真对待，勤恳耕耘，参与到艺术中来，只不过是把话故意说得绝对一些。

通过对以上两点的澄清，我们可以得出结论：灵感的存在是毋庸置疑的。每一个人切身的体验放在那里，仅存的非议也或是感情用事，或是用心良苦。因此，在我们对灵感还没有得出满意的阐释之前，还是有必要继续探索下去。

## 二、对灵感的认识很有限

在灵感如何发生这个问题上，柏拉图的"神灵凭附说"和弗洛伊德的"潜意识说"是最为广泛的两种解释。朱光潜的《文艺心理学》中说："依近代心理学家说，灵感大半是由于在潜意识中所酝酿成的东西猛然涌现于意识。"[1]这个观点依据的正是弗洛伊德的观

---

[1] 朱光潜.文艺心理学[M].上海：复旦大学出版社，2005：188.

点。20世纪七八十年代以来这批文艺心理学的著述当中,大多引用了柏拉图和弗洛伊德的观点,很少有人提出新看法,或者回避了"灵感"这个字眼,或者从创作发生的角度去阐释创作心理,并没有集中探讨灵感问题。对这个问题给出新解释的大概只有金开诚一人。

金开诚在《文艺心理学概论》中说:"灵感既是创作思维的一种表现,其实际心理内容也无非是在某种心理状态之中,旧的神经联系忽然被突破,而新的神经联系忽然得到建立。"①他同时认为灵感是一种综合了诸多因素的恰达好处的状态:"创造者的各种心理因素得到了相当协调的配合与发挥,大脑各个中枢的兴奋与抑制正处于恰到好处的状态,那些正需要它发挥作用的潜沉细胞群突然被激活,整个意识领域中出现了符合特定创造要求的思路变得通畅,本来极难接通的思维'电路'因而突然接通,于是一些新的神经联系较为顺利地建立起来,概念与概念、道理与道理或表象与表象之间出现了新颖的串联与组合。"②金先生在与张化本合著的《文艺心理学》中也持"思维电路的接通"这一说法。

以上三种观点中,柏拉图的"神灵凭附说"认为神灵凭附是艺术家思维"合式"的结果,合了绝对理念的"式",从而产生的迷狂现象。弗洛伊德通过对过失、梦、神经病这三种精神现象的研究,提出了一些问题:人为什么在正常生活中不能完全控制自己而导致过失行为?梦为什么不能自我主导而自行其是?好端端的人为什么会精神崩溃而患上神经病?通过对这些问题的探索,他提出人

---

① 金开诚.文艺心理学概论[M].北京:人民文学出版社,1987:339.
② 金开诚.文艺心理学概论[M].北京:人民文学出版社,1987:341.

不仅活在意识里,更是主要活在潜意识里,这成为20世纪最伟大的学说之一。灵感正是在意识懈怠的情况下,从潜意识迸发出来,就像梦一样,只有在夜深人静意识安眠时,才会悄悄爬出来。朱光潜比较赞同弗洛伊德的潜意识说。

金开诚的观点或许受到了20世纪80年代初期从苏联译介过来的文艺心理学的影响。苏联文艺心理学基本上坚持唯物主义立场,更是把意识心灵的现象归结为大脑释放了某种物质——稀有电波,或稀有液体,或稀有气体。可是金先生又不完全坚持唯物主义立场,他把灵感归结为"神经联系"重新建立或者"思维电路"重新打开。坦率地说,"思维电路"的确是一个模棱两可的说法。思维打通了,还是电路打通了,还是电路打通后引发思维打通了? 其实这里牵涉到身体与意识的界限问题,这个界限至今都没有得到解答。不过有一种共识:意识的确受到身体某种程度上的支配。

其实钱谷融与鲁枢元合著的《文学心理学》也坚持唯物观心理学,其中在"黑箱初探"一节中提到人的创造能力和艺术能力,主要和大脑右半球的功能有关,"人的大脑分为左右两个半球,左半球的功能主要和抽象思维、逻辑分析、时间观念有关,具有语言、理念、分析和计算的能力。右半球则和知觉、时间有关,具有音乐、绘画、综合、空间鉴别的能力。右半球和知觉过程直接相关,是保证与外部世界更加直接的、直观形式的关系的器官"[1]。不过这种看法是把艺术能力和灵感问题笼统地交给了脑科学。

以上几种观点,要说在灵感如何发生这个问题阐释得最深入人心的,其实还是弗洛伊德的学说。总的来说,文艺心理学对灵感

---

[1] 钱谷融,鲁枢元.文学心理学教程[M].上海:华东师范大学出版社,1989:123.

的探索还处在一个较浅的层次,可谓点到即止。钱谷融和鲁枢元也是用了"黑箱初探"一词,而不是"探索"。金开诚承认:"总之灵感的情况很复杂,它的奥秘也未完全揭开,所以有些事情不能说得太绝对。"①

## 三、开塞之由的初步探索

至于灵感是如何诱发的,学者们倒是大大方方地提出了以下观点:

周冠生在《新编文艺心理学》中提出:灵感未必只能靠等待。"人的灵感状态与直觉能力的多寡强弱,多半受人的先天生理素质条件所制约,但这并不意味后天的生活条件与教育训练对它们不能施加影响。"②他给出了八种方法:一、增进生理方面的体能,培养神经系统与大脑的协同活动能力,采取多种方法促使人脑潜能的发挥。二、通过梦来诱发人的灵感与直觉。三、针对大脑的思维方式:机灵的求异思维训练。四、提供或积累丰富的知识经验。五、多与创造性人物接触,注意在团体活动中获得灵感的感应。六、"虚静"的练习。七、根据不同的个性类型,选取不同的感觉刺激来诱发灵感与直觉。八、形成健康的个性。第一种明显受到唯物主义的影响,训练神经可以促进潜能的发挥,灵感或可频发。第二种遵循的是弗洛伊德的思路,通过梦来激发,因为梦里可能潜藏了人的很多潜意识。这种激发方式的可行性有待探索,毕竟梦醒

---

① 金开诚.文艺心理学概论[M].北京:人民文学出版社,1987:342.
② 周冠生.新编文艺心理学[M].上海:上海文艺出版社,1995:105.

后意识马上会驱散潜意识,能记住的梦屈指可数,能应用于创作的梦更是少之又少。而且这种方式的关键不在于梦本身,而在于获得"梦念",以"梦念"作为创作的突破口。第三种是思维方式的训练,比如逆反思维、曼陀罗思维等。第四种讲的是"人力",是积淀。第五种是现代的沟通交往心理,使自我的局限性在团体活动中得到克服。第六种是中国古人对于创造心境的训练。第七种注意到了人格的特殊类型,激发作者的创作潜能也要面对具体个性,这一点特别关键。第八种属于人格心理学方面的内容,既属于人本主义心理学,又属于后人本主义心理学(也称为超个人心理学),把自身状态调整到最佳,成为一个个性健全的人,对于发挥自身的创造力是有积极意义的,可能更容易获得"文曲星"的青睐。

朱光潜给出了"人力"的三端:① 蓄积关于媒介的知识。② 模仿传达的技巧。③ 作品的锻炼[①]。这些都是技巧的训练。

钱谷融和鲁枢元的《文艺心理学》中单辟"虚静说"一节,用来阐明虚静与创作构思的重要关系。古人特别看重"虚静"这种心境。虚静最早出于《道德经》的"致虚极,守静笃"。庄子《知北游》中的"汝斋戒,疏瀹而心,澡雪而精神,掊击而知"继承了虚静,内涵相仿。刘勰《神思》中提到"寂然凝虑,思接千载,悄焉动容,视通万里"。其中的"寂然"和"悄焉"正是对这种心境的描摹,他的结论"是以陶钧文思,贵在虚静,疏瀹五藏,澡雪精神"便糅合了老庄思想。虚静和佛法中的定静其实是很接近的,虚静后是"万物并作,吾以观复",定静后是"一切有为法,如梦幻泡影,如露亦如电,应作如是观"。皎然《诗式》中提到,作诗要领就在于"如何万象自心出,

---

① 朱光潜.文艺心理学[M].上海:复旦大学出版社,2006:194-204.

而心澹然无所营"。苏轼的《送参廖》一诗:"欲令诗语妙,无厌空且静。静故了群动,空故纳万境"阐明了空静对于创作中的触类旁通、洞开万境的特殊意义。赖声川也认为:"灵感能'侵入'的理由是,禅定让我们回归当下。宁静的心充满开放空间,充满透视力。"①由此可见,虚静、定静或者是空空如也的状态,不仅不会使心灵变得空白和无所作为,反而使心灵变得灵动和富有意义。

## 四、灵性的线索初露端倪

当对这些"灵感方子"做出梳理的时候,我们惊喜地发现,这里面潜藏了两条非常重要的线索,一条是心灵学的思路,另一条是东方哲学的思路。这与现代西方超个人心理学的发展不谋而合,也与新时代对东方哲学的进一步探索息息相关。灵感理论问题在心灵学的范畴之内,或许可以获得进一步推进的可能。

其一,心灵哲学的思路。

周冠生猜测:灵感和直觉或许和人格类型与健全个性有关。美国赛安慈博士所创的灵性疗愈学正好印证了他的设想。赛安慈与吴至青合著的《还我本来面目》中持这样一个基本观点:"人的一生可以说就是社会化的过程。为了能适应社会环境,应付生活不断遭受的挑战和威胁,我们不停地调整自己,我们的本性也不断地被扭曲,渐渐地,在这个扭曲本性的社会化过程中,形成了另一个'我'。现在我们认知的'我',事实上是经过了一个遗忘的过程所形成的另一个我,和最初来到这世界上的我,其实是完全不同的两

---

① 赖声川.赖声川的创意学[M].北京:中信出版社,2006:221.

个人。"①他们根据人在后天社会化过程中本性的扭曲程度,划分出了五种不健全的人格类型,也就是五种面具人格,分别是:分裂型、口腔型、忍吞型、刻板型、控制型。他们指出了每一种人格类型的优势、缺陷等,从而帮助每个人找回肉体背后的灵体自我,那个自我才是健全的自我、崇高的自我、灵性的自我、创造力旺盛的自我。

心灵学(metapsychology)其实是多种心理流派的进一步延伸。比如肢体疗法就是精神分析疗法的延伸,其代表人物威廉·赖克被称为"人格结构学之父",他是弗洛伊德的学生,也是近代肢体疗法的开山鼻祖。"许多以身体为中心的疗法皆可说是赖克的后继者,或受了他很大的影响。"②威廉·赖克认为人格结构学中的五种人格,其实并没有某种单一的人格。人格具有"显格"和"隐格",这在一定程度上给灵性疗愈学提供了理论模型。

超个人心理学,也称后人本主义心理学,是人本主义的延伸。其代表人物肯·威尔伯(Kenneth E. Wilber)的理论最为系统,其代表性著作有《意识光谱》《万物简史》等。他同人本主义者一样仍然关注人本身,不过他更多地关注人的意识的最高阶段——灵性(spirituality)。肯·威尔伯认为:"大宇宙有一个灵性的开端。大精神和空是绝对的,但它们并不是迟钝的、无活力的,也不是没有可塑性的,因为它们能够自我展示出来:新的形式出现了,创造力是最终的。"③他认为灵性是意识进阶的最高级阶段,灵性才是创造力的源泉。

---

① 赛安慈,吴至青.还我本来面目[M].北京:华夏出版社,2010:1.
② 赛安慈,吴至青.还我本来面目[M].北京:华夏出版社,2010:128.
③ 肯·威尔伯.万物简史[M].许金声,等,译.北京:中国人民大学出版社,2009:14.

其二，东方哲学的思路。

事实上，肯·威尔伯的著述里就大量引用了道家哲学、东方佛法和瑜伽哲学。也就是说，东方的哲学已经被纳入西方心灵学的研究范畴。东方哲学又一次在大洋彼岸引起重视，可是国内从这个角度去做研究的人却很少。瑜伽从印度引进过来后，大多数人还只是把它当成一种锻炼身体的运动，殊不知瑜伽也是基于实践的"心科学"，是身、心、灵合一的修行方式。西方几乎所有的肢体心灵研究都强调呼吸，这与古人的"养气说"似乎有异曲同工之妙。东方的修行，不管是道家静坐，还是禅修静坐、瑜伽静坐，都强调呼吸，说到底，调整气息是最基本的。通过调理呼吸，方可逐渐进入深层意识和灵性层面。葛红兵在《力的实践与气的虚践》一文中就提出：传统上，东方人重灵不重肉，重气不重力，重气的虚践，不重力的实践。这助推了东方人的灵性经验。唐以来文人多修禅理，居士、文人数不胜数，正是他们把中国文学一次次推向高峰。他们作品的意境或恣肆开合，或幽深玄妙，他们的灵性和创造力，与这些修为是密不可分的。

我们发现，这些对灵感的探索其实都已经开始指向灵性层面。灵感的确具有顿悟性、开塞性、不可预料性、易逝性，但并不代表我们面对它时只能束手无策。现在看来，我们已经完全可以把对灵感的探索引向另外一个领域——灵性。不妨这样说：灵感与灵性是密不可分的，灵感是灵光一现，是灵性的一角，是灵性的一种表现方式。随着灵性开发程度的加深，高峰体验或可频发，灵感体验或可频发，这是完全有可能的。

未来中国高校中文系的创意创作学科，应该不仅局限于技巧的传授，也应该在灵性开发上做文章。那些持"三七分，一九开"的说法的人,曾把那至关重要的部分撂下不管,如今我们对文艺创作有了这样的认识:应该尽到十分的力气才是,七分"人力"要尽,三分"天力"也要尽。朱光潜也承认:"凭借灵感的作品往往比纯恃艺术手腕的作品价值较高。"[①]艺术手腕是人力,而灵感则仰赖天力,天力是自身的灵性,而不是神的恩赐,不一定非得坐等施舍。话说回来,我们主动觅灵感,而不是投机取巧,灵性开发也是需要恒心、耐心和修为的。

因此,灵感只是灵性的一种表现方式,灵性是灵感和创意的根本源泉。

## 第二节 灵性与性灵说

灵性是什么?简单而言,"灵"指的是人类特有的天赋的精神状态和生命意识,"性"指的是自然天成的难以习得难以改变的特征。荀子曰:"凡性者,天之就也,不可学,不可事。……不可学、不可事而在人者,谓之性。"因此,灵性可以看成是人类天赋的具有生命意识和宇宙关怀的秉性与特质。

灵性与我国古典文论当中的"性灵说"有一定的联系。"性灵说"虽然在清朝发展得蔚为大观,但是它的发端却早在南北朝时期。普慧认为,范泰、谢灵运最早提出"性灵"一词。"从'性灵'的内涵渊源来看,它既是指一切众生(有情)内在具有的恒常不变的精神体和强大无比的神秘力量,又是指充盈宇宙、泯灭差别的根源

---

[①] 朱光潜.文艺心理学[M].上海:复旦大学出版社,2005:188.

能量。"①他同时认为,性灵与创意的本源是密切相关的。"性灵其表现于文学创作,即是审美主体间性内在生命受感于社会历史所表现出的强大精神力量——原创力、创造力、洞察力和表现力。"②

袁枚在《随园诗话》中提到早在南北朝时期,文学评论家钟嵘已经将"性灵"的标准纳入品评诗歌之中。钟嵘认为,阮籍的诗歌可以陶冶性灵,是上乘佳作。

普慧认为,"性灵说"从佛教演绎而来,一开始是不拘泥于文学创作领域的,而是与人的气质、人的审美活动密切联系起来的。他这样总结:"谢灵运等的'性灵说'注重审美对象的自然生命力和生生不息的灵气,刘勰的'性灵说'强调的是审美主体(宇宙本体与审美主体的合一,所谓'三才')的原动力和创造力;钟嵘和庾信则把'性灵说'应用于社会历史变迁与人生命运遭际的'感慨',强调了审美主体间性的美学活动。文学性灵说的不断演进,标志着它的日臻成熟。"③早期的"性灵说"的内涵是非常丰富的。

到了清朝,李贽和"公安三袁"完成了这个学说,然而却把这个学说限制在了文学领域。李贽认为,童心是创作的最基本的条件,他这样解释童心:"夫童心者,绝假纯真,最初一念之本心也。若失却童心,便失却真心;失却真心,便失却真人。人而非真,全不复有初矣。"可见,童心就是纯真之念,只有纯真之念,才能做出纯真的文章。这个观点大大影响到了"公安三袁"。

袁宏道在《叙小修诗》中评价其弟的诗作时,就采用了"性灵"的标准:"大都独抒性灵,不拘格套,非从自己胸臆流出,不肯下笔。

---

① 普慧.佛教思想与文学性灵说[J].文学评论,2012(2):139-148.
② 普慧.佛教思想与文学性灵说[J].文学评论,2012(2):139-148.
③ 普慧.佛教思想与文学性灵说[J].文学评论,2012(2):139-148.

有时情与境会,顷刻千言,如水东注,令人夺魄。其间有佳处,亦有疵处;佳处自不必言,即疵处亦多本色独造语。"①袁宏道对当时诗坛论诗必言盛唐的习气大为不满,他认为:诗何必唐,又何必初与盛? 要以出自性灵者为真诗耳。夫性灵窍于心,寓于境。境所偶融,心能摄之;心能所吐,腕能运之。以心摄境,心腕运心,则性灵无不必达,是之谓真诗。这段话体现了性灵与诗境的关系,一旦性灵开启,诗境自然打开。由于性灵的驱动,心也畅达,腕也无拘,宛若天成的才是真诗。

袁枚比较推崇诗歌的真性情,反对堆砌杂糅的诗歌:"诗难其真也,有性情而后真,否则敷衍成文矣;诗难其雅也,有学问而后雅,否则俚鄙率意矣。"②他甚至对中国古代上自先秦时代下至清朝的诗歌作出了整体评述:"自《三百篇》至今日,凡诗之传者,都是性灵,不关堆垛。"③诗歌的精髓在于性灵,而不在于辞藻的华丽和堆砌。

根据以上的观点和描述,我们可以将"性灵说"的基本内涵概括为三点:一是性灵就是自然纯真,绝假纯真,本真性是它最基本的内涵。二是"性灵说"中有真性情的内涵,人能够直率地、无拘无束地表达自己的情感。人的至情,欢喜也罢,忧愁也罢,没有虚假的伪装,没有刻意的隐瞒和压抑。三是性灵之中蕴藏着人类的原创力。性灵一旦开启,诗境也自然开启,出自性灵的诗歌才能称得上是真正的诗歌。

我们不应该只是拘泥于明清时期的"性灵说",明清"性灵说"更偏向于文学创作的理念,我们应该回到早期"性灵说"倡导的人的灵气、人的才力、人的生命特质等观念,来更完整地理解"性灵",

---

① 郭绍虞.中国历代文论选(第三册)[M].上海:上海古籍出版社,2001:209.
② 袁枚.随园诗话[M].杭州:浙江古籍出版社,2011:139.
③ 袁枚.随园诗话[M].杭州:浙江古籍出版社,2011:87.

从而赋予"灵性"学说更完整的内涵。

## 第三节 灵性与大精神

超个人主义心理学中灵性的概念，是建立在"意识光谱"(the spectrum of consciousness)学说基础之上的。在超个人主义心理学看来，灵性是意识光谱中最顶层的那一部分。

超个人心理学是人本主义的延伸，肯·威尔伯是超个人心理学的集大成者，他本人有过禅修和瑜伽的修行经历。他不满意精神分析学说，指出："我们有关灵魂的科学已经衰退到研究老鼠在迷宫中摸索的反应、个体的'恋母情结'或者底层的'自我'发展的地步。"①于是他把目光投向东方哲学和东方宗教，试图将世界的精神传统整合进现代心理学脉络中，他的代表作《意识光谱》，被哲学家约翰·怀特誉为"集心理学、心理疗法、神秘主义和世界宗教四者之大成，是一场有关人类认同的独一无二的讨论"②。在《万物简史》中，同人本主义学者一样，肯·威尔伯也关注人本身，不过他把关注对象更多地放在了人的意识的最高阶段——灵性。

肯·威尔伯认为决定大宇宙进化的东西可以称是"大精神"(Spirit，其中的"S"一定是大写)，或者说大宇宙的进化就是"大精神"的显现。"大精神"是肯·威尔伯心理学的一个非常关键的概念。世界不同的文化中其实都有相近的概念。例如，中国的"道"(Tao)、西方的"上帝"、印度的"梵"(Brahman)等。它们是万物之本

---

① 肯·威尔伯.意识光谱[M].杜伟华，苏健，译.沈阳：万卷出版公司，2011：7.
② 肯·威尔伯.意识光谱[M].杜伟华，苏健，译.沈阳：万卷出版公司，2011：3.

原,又是万物运行的总规律,具有至上性和绝对性。肯·威尔伯用Spirit这个词来概括所有这些说法,而不偏爱其中一种文化,体现了他的后人本心理学的立场。

在肯·威尔伯那里,大宇宙是由全子组成的。"全子"(holons)是指一个实体(entity),它本身既是"整体",同时又是其他某一整体的一"部分"①。他认为,原子、粒子等属于全子,而符号、意象和概念也都是一种全子。肯·威尔伯还认为,所有的全子是有一定特性的:"一方面,它不得不保持自己的完整性(wholeness)、同一性(identity)、自治性(autonomy)以及自主性(agency)。如果它无法保持它自己的同一性和自主性,它就无法继续存在。但是另一方面,一个全子不仅是一个必须保持自主性的整体,同时也是其他系统、其他整体的一部分。"②与此同时,全子还遵循很多原则,一种全子通常有四种驱力,包括自主、共享、超越、分解。全子的自主性和共享性,使得它们能够在任何层次上"水平地"运作;继而再通过自我超越,"垂直地"转移到另一个更高的层次上去,但倘若是往较低水平移动,就是自我退化和分解。

对全子做了简单的分析之后,肯·威尔伯通过全子的性质推理出了他自己非常满意的层次结构。其基本的逻辑是:较高层次的全子能够包含较低层次的全子,具有较低层次的全子所没有的特性;如果破坏了任何一种类型的较低层次的全子,那么较高层次的全子必然会遭到破坏,这就是说,没有较低层次的全子,就没有较高层次的全子。所以,"较低和较高"并不是价值上的判断。他

---

① 肯·威尔伯.万物简史[M].许金声,等,译.北京:中国人民大学出版社,2009:6.
② 肯·威尔伯.万物简史[M].许金声,等,译.北京:中国人民大学出版社,2009:7-8.

坚信：这一规则适用于任何进化的序列，适用于任何层次的系统。例如道德进化、语言学习、生物进化、电脑程序、核酸转化等①。肯·威尔伯正是通过层次结构建立起了他的四象限理论以及存在于每一个象限的层次图。

有了全子这个实体，肯·威尔伯提出了他的四象限理论。他认为大精神存在于宇宙的每一个角落，包括意识层面中，同时，大精神又包容了一切，一切都只不过是大精神的展开而已。那么，大精神是如何展开的呢？肯·威尔伯认为这四个象限是大宇宙的四隅（corners）（见图 7-1）。

| 内部 | 外部 | |
|---|---|---|
| （第一象限）心理的 | （第二象限）行为的 | 个人的 |
| （第三象限）文化的 | （第四象限）社会的 | 公共的 |

**图 7-1 四象限图**

肯·威尔伯根据内部的与外部的、个人的与公共的，将宇宙分为四个象限：第一象限是心理的，第二象限是行为的，第三象限是社会的，第四象限是文化的。其中心理的与文化的是属于内在的，行为的与社会的是属于外在的，心理的与行为的是属于个人的，文化的与社会的是属于公共的。有全子理论作为基础，肯·威尔伯认为每一个象限都是一个层次系统，而且"这是四种截然不同的层次系统"②。于是，肯·威尔伯将该四象限作了扩充。第一象限心

---

① 肯·威尔伯.万物简史[M].许金声，等，译.北京：中国人民大学出版社，2009：19.
② 肯·威尔伯.万物简史[M].许金声，等，译.北京：中国人民大学出版社，2009：58.

理的(个体内在的)被他扩充为：捕捉性、兴奋性、感觉、知觉、冲动、情绪、象征、概念、概括、形式反思、洞察反思。第二象限行为的(个体外在的)被他扩充为：原子、细胞、代谢机体、神经基质、神经质机体、神经中枢、脑干、边缘系统、新皮质、复杂新皮质、结构功能等。第三象限社会的(群体外在的)被他扩充为：银河、星体、盖亚系统、负熵生态系统、有劳动分工的社会、社群/家族、氏族/村落、早期王国/帝国、国家/民族，其中从氏族开始，相对应的人类发展的五个阶段是采摘阶段、种植阶段、耕作阶段、工业阶段和信息阶段。第四象限文化的(群体内在的)被他扩充为：物理的、中柱原的、原生质的、植物的、自主运动的、腔肠动物的、希腊神话的、台风的、原型的、魔幻的、神话的、理性的、人首马身者的[1]。这样他就完整地建构起了他的四象限理论。

四象限理论对于人理解自身非常重要，我们总是不能够十分清楚地分辨哪些是属于内在的，哪些是属于外在的，哪些是属于个人的，哪些是属于公共的。内在与外在的关系究竟如何，四个象限图为给我们作了清晰的描画。肯·威尔伯将左边的两个象限，即内在的两个象限称为左手象限，右边两个象限称为右手象限。右手象限是遵循单向逻辑的，可以通过观察、实验而得出真相；而左手象限则不同，它只能通过分析去获取真理。当右手象限在问：这到底是什么？左手象限则在问：这意味着什么？因此，分析法始终是作为我们了解自我深层意识(潜意识和超意识的两个维度)的基本方法之一。

意识层次属于肯·威尔伯的四象限理论中的第一象限。它是肯·威尔伯最出色的理论之一，专门研究人的内在自我，大致来

---

[1] 肯·威尔伯.万物简史[M].许金声，等，译.北京：中国人民大学出版社，2009：60.

说,内在自我经历了从潜意识(subconscious)到自我意识(self-conscious),再到超意识(super-conscious)的过程。

这里,有必要介绍下肯·威尔伯所提出的"意识光谱"(the spectrum of consciousness)(见图7-2)。所谓的意识光谱,只不过是一种模型。肯·威尔伯认为意识层次是无限的,就像彩虹一样,可以分出赤橙黄绿蓝靛紫,但其实彩虹的每一个色阶之间是没有明确区分的,因此也可以把彩虹划分出无限个色阶来。但我们为了便于认识,便会说是七色彩虹。那么同样的道理用在意识上,就是肯·威尔伯划分出的意识的九个层次。我们之所以分外强调这一点,是因为在弗洛伊德学说占据统治地位的时期,很少有人区分潜意识和超意识,这很容易走极端,虽然弗洛伊德只提倡适度解放性压迫,但很多人就会将其极端化,过分强调人的动物性本能。这使得人们完全忽视了还有另外一个与潜意识对立的维度,那就是超意识。肯·威尔伯认为人应该拥抱更高层次的意识。

| | |
|---|---|
| 不二阶段 | 9. 原因 |
| | 8. 奥妙 |
| | 7. 心灵 |
| | 6. 洞察力—逻辑 |
| | 5. 形式—形式反思 |
| | 4. 规则—具体运算 |
| | 3. 表征—心智 |
| | 2. 幻想—情绪 |
| | 1. 感觉—身体 |

图7-2 意识光谱图

## 第七章 创意与灵性

在肯·威尔伯所绘制的意识结构层次图(意识光谱图)中,意识有九个阶段:感觉—身体、幻想—情绪、表征—心智、规则—具体运算、形式—形式反思、洞察力—逻辑、心灵、奥妙、原因。其中,前六个阶段是较为低级的阶段,而后三个阶段已经开始走向不二境界,是超个人阶段①。

其中,前六个阶段是人们都会经历的,只不过是完善不完善的问题。这些阶段人们根本就避不开,不可能从第三个阶段跳到第五个阶段,也不可能从第四个阶段直接跳到第六个阶段。但是,第六个阶段之后的阶段,人却可以不必那么故步自封,一步一个脚印。因为在肯·威尔伯看来,意识的每一个阶段,都可能带来灵性体验,即便是还处于意识初级阶段的小孩,也可以获得灵性体验。但有了灵性体验之后,还必须得进行意识层次的补充。肯·威尔伯引用奥罗宾多的话:"灵性的进化遵循连续展开的逻辑;只要当以前的主要步骤被充分完成了,它才会进行下一个决定性的主要步骤,即使某些不重要好的阶段可以通过急骤的上升而吞没和跨越,意识还必须回过头去以确信越过的地段已经与新的条件安全合并;更快而集中的发展速度并不能消灭步骤本身和连续攀升的必要性。"②这也就是说,自我必须有容纳灵性体验的能力,在每一个意识层次中,都要具有这种能力,这其中就蕴含了深层的结构潜能。每每提升一层,便获得了一种意识层次的结构的潜能。

我们看到在光谱的上端是灵性阶段。但是,这并不等于说灵性高高在上。"虽然从某种观念上讲,灵性是存在光谱中最高的维

---

① 肯·威尔伯.万物简史[M].许金声,等,译.北京:中国人民大学出版社,2009:122.
② 肯·威尔伯.万物简史[M].许金声,等,译.北京:中国人民大学出版社,2009:133.

度或者阶层,但它也是整个光谱的基底或者条件。灵性仿佛既是存在阶梯中最高的台阶,也是制作整个阶梯时所使用的木材。灵性既是全然内在的(像木头一样),也是全然超感知的(就像最高的阶梯一样),灵性既是起点,也是终点。"①

肯·威尔伯在对全子的阐释过程中,发现了一条重要规律,即深度越大,广度就越小。我们的常识常会认为广度的扩张才能建立其深度的延伸。然而肯·威尔伯发现,随着深度的增加,每一个层次上的全子将会变得越来越少,后继的全子占有的实际广度也越来越小。根据这个原则,肯·威尔伯推演出了精神圈(或灵生圈noosphere)高于生物圈,生物圈高于物质圈。这与常青哲学的观点一致,常青哲学认为:实在是由存在和意识组成的一个巨大的层次系统,从物质到生命,从生命到心智,再从心智到灵性,每一个层次都超越并且涵盖了比它更低的层次②。因此,灵性处于宇宙的最高端。从超感知的角度来看,灵性则是我们成长和演化的最高阶梯,它是我们必须努力体会、理解、联系、认同的东西。

肯·威尔伯同时认识到,层次或维度是一种全子的内在组成部分,构成它复合的个性。因此,深度越大,重要性也越大。这表明:大宇宙越来越多地成为它内在的东西。从而,肯·威尔伯引出了最重要的一个概念——大精神。

大精神是一种具备宇宙意识的神秘宇宙观。大精神存在于每一个层次,又包容了每一个层次。大精神存在于每一个人,每一个人的身上都有相同的深度,只是一些人还没有发现而已,终极同一

---

① 肯·威尔伯.意识光谱[M].杜伟华,苏健,译.沈阳:万卷出版公司,2011:11.
② 肯·威尔伯.万物简史[M].许金声,等,译.北京:中国人民大学出版社,2009:23.

也是最终的认同。由于实现这种终极同一的人数微乎其微,因此,每一个人都应该培养自己的灵性,从内在去追寻这种终极同一。他还认为,大精神的存在昭示了打通人类命运的道路,最终在大宇宙这面镜子中认清了自己的面容:"你的本体实际上与万事万物是同一的,你不再是那条溪流的一部分,你就是那条溪流本身,万事万物是在你之内而不是在你之外展开。"①

灵性是什么呢?灵性(spirituality)就是大精神(Spirit)的外在显现。人的灵性经验、神秘体验、高峰体验就是这种大精神的表现形式。那么灵性到底有什么特征呢?"不二"乃是灵性和大精神的最大特征。

"不二论"可以说是肯·威尔伯思想体系的核心。"不二论"的主要论点是:"进化就是大精神运行的直接体现,是上帝工作的体现;在发展的每一个阶段,大精神都在不断地展现自己,而在每一次展现的过程中,它也会更多地实现自己。"②西方人好用上帝作比,喻为真理。肯·威尔伯的进化论不同于达尔文的进化论,达尔文的进化论是以高级取代低级、消灭低级为代价,而肯·威尔伯的进化论是低级如果不能保全,高级也不可能保全,这是其全子论的精髓。精神圈包含着生物圈,整个自然环境支撑起了高等生物的存在,因此,伤害环境就是伤害人类自己,生态主义者极其赞同这一点。大精神就是这样一层一层地将自己铺展开来的。

要理解其"不二论",还得从人的意识发展的脉络谈起。肯·威尔伯认为,一般人都是从极度自恋的小我意识,逐渐走向全球意

---

① 肯·威尔伯.万物简史[M].许金声,等,译.北京:中国人民大学出版社,2009:23.
② 肯·威尔伯.万物简史[M].许金声,等,译.北京:中国人民大学出版社,2009:17.

识的,如果幸运的话,还可以走向超意识。这其中的历程是:肉体自我的孵化——情绪自我的诞生——概念自我的诞生——角色自我的诞生——群体的自我诞生(生活的社会脚本)——世界中心的,成熟的自我诞生——人首马身者的身心整合。到这里的时候,自我开始把心智和身体看作体验来加以认识。正因为观察者的自我开始超越心智和身体,其才能开始整合心智和身体,从而"人首马身者"形成了①。也就是说,"觉性"(observing self)开始超越心智和身体,这为走向超意识奠定了基础。

后人本主义发展演变至少经历了四个阶段:心灵阶段——奥妙阶段——原因阶段——不二阶段。它们分别对应了四种不同的世界观:自然神秘体验论、神性神秘体验论、无形神秘体验论以及不二神秘体验论。心灵水平最关键的是,它逃脱了以人类为中心的偏见,宣布自身与其他生物一样,体验到的灵魂是世界灵魂。到了奥妙阶段,它超越了粗放的自然领域,自然神秘体验论要为神性神秘体验论让路,这些结构是由意向、行为、文化和社会形态创建塑造的。到了原因阶段,自我只是觉识中的另一个客体。它甚至不是一个真正的主体、一个真正的自我,它只是觉识中的另一个客体,不过随着更深的状态来临,自我就变成了觉识的纯粹的源泉,而不是从觉识中产生的任何东西,自我和觉识是一体的。所以在这个阶段,神性神秘体验论让路于无形神秘体验论。空是所有初级领域的支撑基础、原因基础和创造基础。于是我们终于来到了最后一个阶段——不二水平。因果让位于不二,无形神秘体验论

---

① 肯·威尔伯.万物简史[M].许金声,等,译.北京:中国人民大学出版社,2009:170. "人首马身者"(centaur),象征着身心的统合,这里借用了罗丹的雕塑而引申出的含义。

让位于不二神秘体验论。"这也是空的第二个最深刻的意义——它不是一个孤立的状态,而是所有状态的现实,所有情况的真如。"①这就是禅讲到的第三个境界:从看山不是山到看山还是山的阶段。这也就到达了我们所说的最高的灵性阶段。"不二性"本身在层次上并不排斥二元主义,这二元性正是外显的机制,但最重要的是不要被二元性所蒙蔽、所束缚。

何谓"不二"?即灵性意识超越了二元对立的观念,这包括最根本的身心对立观念。意识光谱的层次蕴含着一个意识进化的过程。人类的意识从狭隘的自我意识,一步步进化到宇宙意识,是随着其经历和知识的累积而成的。到了开始拥有宇宙意识之后,人便拥有了反观"自我"的意识的参照。"寄蜉蝣于天地,渺沧海之一粟",自我感在这种参照中化为乌有,人类的身体感开始消失,成为蜉蝣一般的存在,这反而为觉醒奠定了基础,让人能够以反观身心的方式来整合身心。人类真正的觉性和灵性也从这里开始。

我们这里举一个中国最常见的例子来说明这几个阶段,即意识的不同层次。在第一个阶段:看山是山,看水是水。这是人类最初的感受意识现象中的山和水,只是最基本的视觉现象里的山和水。在第二个阶段:看山不是山,看水不是水。人类的自我意识灌注进去,可以把山水看作矿物质和水元素,看作地壳运动和地质运动的结果,看作海拔高度和流经面积等,这一切都是加入了规则、形式、逻辑意识等,把山水看作另外一种表征。到了第三个阶段:看山还是山,看水还是水。这是我们所说的"灵性——不二阶段"。

---

① 肯·威尔伯.万物简史[M].许金声,等,译.北京:中国人民大学出版社,2009:202.

人类的自我意识消解，山水仍然是自然界的山水，仍然是人文地理中的山水，仍然是大自然鬼斧神工的造物，仍然是眼前真真切切的山水。真实的山水世界并没有出现第二次，它是不可分割的，它是主观与客观圆融交织的产物。"不二性"并没有否定二元存在，"二元性"只是"不二性"的一种外显形式。

我们对超个人主义心理学的灵性观念总结一下：① 灵性是意识层次中最高的存在，也是贯穿于整个意识层次中的。② 灵性是"大精神"在人的意识层面的显现，"大精神"是万事万物的根本规律。③ 人类应该主动培养自己的灵性，通过"寻回"的方式去拥抱"大精神"。④ 灵性的特征是"不二性"，超越二元对立，但又不排斥二元性。

以上通过对灵性多个方面的分解，我们发现，要对灵性下一个终极定义是很难的。因此，在这里我们只能根据各家学说的灵性内涵，对本章中所提到文学创意"灵性"尝试做以下描述：① 灵性是创意的最根本的本源，可以提供源源不断的创意和灵感。② 灵性可以为创作提供自然率真的感情，这种感情是真诚的，没有任何的做作，往往能够引起读者共鸣。③ 灵性可以带来对事物的本能性的理解，即艺术的直觉，一种直接又突然的觉察。④ 灵性可以让我们超越二元对立、能所对立[①]的观点，这是文学经常要描写到的那种"陌生化"的状态。⑤ 灵性可以提供源源不断的智慧，可以洞穿事物的因果规律，为写作提供结构上的因果合理性。

---

① 能所对立，指能指和所指的对立。

# 结　语

　　创意写作学的兴起和文化产业的兴起有关,也和文学生态的变化有关。当下社会,文学创作的媒介和形态已经发生了重要的变化,互联网和新媒体对文学创作的生态产生了重大影响。文学的创作载体发生了变化,文学的传播渠道发生了变化,文学的阅读方式也发生了变化,这些自然反过来促进了文学创作理念的变化。突破传统文学的语言媒介观,从图像、影像、声音等全媒介观的层面来看待文学的话,文学若要适应这种变局,最根本的依托在于"创意"二字。当下文学及文化产业的格局,对文学"创意"有了空前的强调,文学要经得起跨媒介、跨业态和跨时空转化,在这个转化的过程中,文学脱离了语言文字媒介,只有故事核、戏剧性和诗意等可以进行视觉化或声音化转化,保留下来的不是语言文字,而是"创意"内核。这也就是说,唯有"创意"能够在全媒介和全产业链条里一以贯之。

　　创意规律在各个艺术学科内具有普适性,只是具体到某个艺术领域,创意的载体和媒介发生了变化,是语言、图像、音符之间的区别,而不是创意本身的区别。因此,必须突破传统写作学的观点,将"写作理论"导向"创意理论",探索普遍性的创意规律。本书根据这个思路,并没有按照原有的写作学研究的路径去探讨素材积累、修辞文采、结构铺排等模式,而是着重于探讨创意生成过程中的障碍、动机、思维和灵性等几大关键因素。创意写作学科引入中国后，还没有系统的基础理论的支撑，因此，我们将创意理论作为它的一种基础理论方向。

本书在前三章集中探讨了文学创意的内涵，创意的本质包含新颖性、特殊性和应用性。创意的来源包含经验和知识、潜意识、思维、动机和灵性等。创意的过程则主要表现为原发过程、继发过程和整合过程。第四章分析了创意的几种心理障碍，包括自卑、自责、拖延和焦虑等，它们影响创作信心的建构、创作习惯的保持和创作身心的调整等。在突破障碍、入得此门的基础上，第五章分析了创意的动机，本书认为最根本的动机包括潜意识中被压抑的欲望和显意识中自我实现的诉求，前者要求作家不得不去创作，后者要求作家想要去创作。有了创作的发生的理由和动力，则需要创造性的思维方式来整合作家内在的知识经验，以完成创意的构思，第六章介绍了三种创意思维，包括脑力激荡法、思维导图法和曼陀罗法。在具备创造性思维和创造性地处理素材的能力后，我们就要寻找创意最根本的支持，那就是第七章中谈到的我们每个人内在的创意灵性。

本书在创意理论基础之上，罗列了一系列创意方法。如克服创意障碍时的会心团体法；拓展创意思维时的脑力激荡法、思维导图法、曼陀罗法等；激发创意动机时的自由联想法、梦的解析法、动机拷问法等；开发创意灵性时的冥想法。这些方法都是建立在创意原理基础之上的。从根本上说，我们坚持的创意开发的方法是向内开发的方法，破除作家内在的心理障碍，刺激作家内在的动机，拓展作家创意思维的能力，开发作家内蕴的灵性。只有少数几个方法（如会心团体法、脑力激荡法）涉及向外拓展。这是因为我们倾向于认为创意更多的是内源性的。

  创意写作学科在中国即将进入本土化的全面发展阶段,创意写作学科的本土化创生要建构创意写作的中国话语。本书自觉将中国古典文论纳入创意理论研究之中,正是建构创意写作中国话语的一种尝试。

# 参考文献

## 中文著作

### (一) 创意写作学

［1］ 赖声川.赖声川的创意学[M].北京：中信出版社，2006.

［2］ 马克·麦克格尔.创意写作的兴起：战后美国文学的"系统时代"[M].葛红兵，郑周明，朱喆，译.桂林：广西师范大学出版社，2011.

［3］ 陈鸣.创意写作虚构与叙事[M].桂林：广西师范大学出版社，2011.

［4］ 雪莉·艾利斯.开始写吧！虚构文学创作[M].刁克利，译注.北京：中国人民大学出版社，2011.

［5］ 雪莉·艾利斯.开始写吧！非虚构文学创作[M].刁克利，译注.北京：中国人民大学出版社，2011.

［6］ 克利弗.小说写作教程：虚构文学速成全攻略[M].王著定，译.北京：中国人民大学出版社，2011.

［7］ 多萝西娅·布兰德.成为作家[M].刁克利，译注.北京：中国人民大学出版社，2011.

［8］ 许道军，葛红兵.创意写作：基础理论与训练[M].桂林：广西师范大学出版社，2012.

［9］ 安·拉莫特.关于写作：一只鸟接着一只鸟[M].朱耘,译.北京：商务印书馆,2013.

［10］ 罗伯特·麦基.故事：材质、结构、风格和银幕剧作的原理[M].周铁东译.天津：天津人民出版社,2014.

［11］ 赫弗伦.作家创意手册[M].雷勇,谢彩,译.中国人民大学出版社,2015.

## （二）心理学

［1］ 克雷奇,等.心理学纲要[M].周先庚,译,北京：文化教育出版社,1981.

［2］ 马斯洛,等.人的潜能和价值[M].林方,主编.北京：华夏出版社,1987.

［3］ S.阿瑞提.创造的秘密[M].钱岗南,译.沈阳：辽宁人民出版社,1987.

［4］ 马斯洛.自我实现的人[M].许金声,刘锋,等,译.北京：生活·读书·新知三联书店,1987.

［5］ 弗洛伊德.精神分析导论[M].高觉敷,译.北京：商务印书馆,2003.

［6］ 车文博.人本主义心理学[M].杭州：浙江教育出版社,2003.

［7］ 弗洛伊德.精神分析引论新编[M].北京：商务印书馆,2005.

［8］ 罗杰斯.罗杰斯著作精粹[M].钟华,刘毅,译.北京：中国人民大学出版社,2006.

［9］ 阿德勒.自卑与超越[M].李心明,译.北京：光明日报出版

社,2006.

[10] 杨德林.创意开发方法[M].北京:清华大学出版社,2006.

[11] 马斯洛.动机与人格[M].许金声,等,译.北京:中国人民大学出版社,2007.

[12] 肯·威尔伯.恩宠与勇气:超越死亡[M].胡因梦,刘清彦,译.北京:生活·读书·新知三联书店,2008.

[13] 弗洛伊德.释梦[M].孙名之,译.北京:商务印书馆,2009.

[14] 肯·威尔伯.万物简史[M].许金声,等,译.北京:人民大学出版社,2009.

[15] 东尼·博赞,巴利·博赞.思维导图[M].叶刚,译,北京:中信出版社,2009.

[16] 罗伯特·斯腾伯格,陶德·陆伯特.创意心理学[M].曾盼盼,译.北京:中国人民出版社,2009.

[17] 罗洛·梅.焦虑的意义[M].朱侃如,译,桂林:广西师范大学出版社,2010.

[18] 肯·威尔伯.意识光谱[M].杜伟华,苏健,译.沈阳:万卷出版公司,2011.

[19] 弗洛姆.爱的艺术[M].李健鸣,译.上海:上海译文出版社,2011.

[20] 荣格.荣格文集:人、艺术与文学中的精神(第7卷)[M].姜国权,译.北京:国际文化出版公司,2011.

[21] 威廉·麦独孤.心理学大纲[M].查抒佚,蒋柯,译.北京:商务印书馆,2015.

[22] 简·博克,莱诺拉·袁.拖延心理学[M].蒋永强,陆正芳,译.北京:中国人民大学出版社,2016.

## （三）文艺心理学

[ 1 ] 科瓦廖夫.文学创作心理学[M].程正民,译.福州：福建人民文学出版社,1983.

[ 2 ] 尼季伏洛娃.文艺创作心理学[M].魏庆安,译.天水：甘肃人民文学出版社,1984.

[ 3 ] 陆一帆.文艺心理学[M].南京：江苏人民出版社,1985.

[ 4 ] 金开诚.文艺心理学概论[M].北京：人民文学出版社,1987.

[ 5 ] 鲁枢元.创作心理研究[M].郑州：黄河文艺出版社,1987.

[ 6 ] 李春青.艺术直觉研究[M].沈阳：辽宁大学出版社,1987.

[ 7 ] 金开诚,张化本.文艺心理学[M].长春：吉林教育出版社,1988.

[ 8 ] 钱谷融,鲁枢元.文学心理学教程[M].上海：华东师范大学出版社,1989.

[ 9 ] 鲁枢元.文艺心理阐释[M].上海：上海文艺出版社,1989.

[10] 许一青.文学创作心理学[M].上海：学林出版社,1990.

[11] 雅克·马利坦.艺术与诗中的创造性直觉[M].刘有元,罗选民,译.北京：生活·读书·新知三联书店,1991.

[12] 周冠生.新编文艺心理学[M].上海：上海文艺出版社,1995.

[13] 吴思敬.心理诗学[M].北京：首都师范大学出版社,1996.

[14] 王克俭.文学创作心理学[M].北京：中央民族大学出版社,1997.

[15] 德·尼·奥夫夏尼科-库利科夫斯基.文学创作心理学[M].杜海燕,译.北京：中国青年出版社,2004.

[16] 朱光潜.文艺心理学[M].上海：复旦大学出版社,2005.

[17] 杨立元.创作动机论[M].长春：吉林大学出版社,2007.

[18] 朱寿兴.文艺心理发生论：人文视野中的文艺心理学研究[M].长春：吉林大学出版社,2009.

[19] 曾军,邓金明.新世纪文艺心理学[M].北京：北京大学出版社,2014.

## （四）文学理论

[1] 老舍.老舍论创作[M].上海：上海文艺出版社,1982.

[2] 王宁.诺贝尔文学奖获奖作家谈创作[M].北京大学出版社,1987.

[3] 里蒙-凯南.叙事虚构作品[M].姚锦清,黄虹伟,傅浩,丁振邦,译.北京：生活·读书·新知三联书店,1989.

[4] 热拉尔·热奈特.叙事话语——新叙事话语[M].王文融,译.北京：中国社会科学出版,1990.

[5] T.S.艾略特.传统与个人才能[A]//李赋宁,译.艾略特文学论文集[M].南昌：百花文艺出版社,1994.

[6] 米克·巴尔.叙述学：叙事理论导论[M].谭君强,译.北京：中国社会科学出版社,2003.

[7] 宋兆霖.诺贝尔文学奖获奖作家访谈录[M].杭州：浙江文艺出版社,2005.

[8] 汪正龙.文学理论研究导引[M].南京：南京大学出版社,2006.

[9] 刁克利.诗性的拯救：作家理论与作家评论[M].北京：昆仑出版社,2006.

[10] 阿尔伯特·莫德尔.文学中的色情动机[M].刘文荣,译.上

[11] 希利斯·米勒.文学死了吗[M].秦立彦,译.桂林：广西师范大学出版社,2007.

[12] 乔纳森·卡勒.文学理论入门[M].李平,译.南京：译林出版社,2008.

[13] 汉娜·阿伦特.启迪：本雅明文选[M].张旭东,王斑,译.北京：生活·读书·新知三联书店,2008.

[14] 史蒂夫·金.写作这回事[M].张坤,译.上海：上海译文出版社,2009.

[15] 杨义.中国叙事学[M].北京：人民文学出版社,2009.

[16] 罗伯特·索科拉夫斯基.现象学导论[M].高秉江,张建华,译.武汉：武汉大学出版社,2009.

[17] 菲利普·罗斯.行话：与名作家论文艺[M].蒋道超,译,南京：译林出版社,2010.

[18] 黑格尔.美学[M].朱光潜,译.北京：商务印书社,2010.

[19] 什克洛夫斯基.散文理论[M].刘宗次,译.南昌：百花洲文艺出版社,2010.

[20] 袁枚.随园诗话[M].杭州：浙江古籍出版社,2011.

[21] 葛红兵.小说类型学的基本理论问题[M].上海：上海大学出版社,2012.

## 中文论文

[1] 叶中强.压抑、转移和文学：精神分析学说和中国现代文学创作某些现象的断想[J].社会科学,1995(6).

[2] 蔡毅.论文学创作动机的构成及其特性[J].云南民族学院学报(哲学社会科学版),1998(4).

[3] 刘川鄂.中国现代作家创作动因考察[J].云南社会科学,1999(1).

[4] 王冠.中国当代写作学研究的历史反思[J].延安大学学报(社会科学版),2000(1).

[5] 尚党卫.从认识论"自我"到生存论"自我"[J].西北大学学报(哲学社会科学版),2005(11).

[6] 徐洁莹.从精神分析视野看张爱玲的小说创作[J].安徽文学,2009(3).

[7] 邓晓芒.论"自我"的欺骗本质[J].世界哲学,2009(4).

[8] 张芸.创意写作与美国战后文学[J].书城,2009(12).

[9] 葛红兵.创意写作学的学科定位[J].湘潭大学学报(哲学社会科学版),2011(5).

[10] 许道军.创意写作:课程模式与训练方法[J].湘潭大学学报(哲学社会科学版),2011(5).

[11] 陈鸣,刘艳莺.虚构与叙事:创意写作方法论问题[J].湘潭大学学报(哲学社会科学版),2011(5).

[12] 葛红兵,许道军.中国创意写作学学科建构论纲[J].探索与争鸣,2011(6).

[13] 郑周明.国族、国民与国际化:美国创意写作史的经验[J].黄河文学,2012(1).

[14] 张永禄.创意写作:中文教育改革的突破口(上)[J].写作(高级版),2013(3).

[15] 陆涛.西方创意写作与我国大学写作教学[J].宁波大学学报

（教育科学版），2013(4).

[16] 谢彩.创意写作学科教师的定位[J].写作(高级版)，2013(6).

[17] 张永禄.创意写作：中文教育改革的突破口(下)[J].写作(高级版)，2013(9).

[18] 葛红兵,刘卫东.世界文学之都的启示：上海文化原创力培育与公共文化发展[J].探索与争鸣，2014(12).

[19] 赵忠山.创意写作：创造性思维在写作教学中的运用[J].写作(高级版)，2015(1).

[20] 张永禄.中国大陆创意写作理论探索检视[J].雨花，2015(2).

[21] 陈晓辉.中国化的创意写作学科体系猜想[J].湘潭大学学报(哲学社会科学版)，2016(1).

[22] 梁慕灵.大学创意写作教学的设计与效果：以香港大专院校为例析[J].湘潭大学学报(哲学社会科学版)，2016(1).

[23] 张永禄.走在本土化路上：2015年创意写作学科发展报告[J].写作(高级版)，2016(3).

[24] 许道军,葛红兵.核心理念、理论基础与学科教育教学方法：作为学科的创意写作研究(之一)[J].写作(高级版)，2016(3).

[25] 葛红兵,高尔雅,徐毅成.从创意写作学角度重新定义文学的本质：文学的创意本质论及其产业化问题[J].当代文坛，2016(4).

# 外文著作

[1] Gay Talese, Barbara Lounsberry. *Writing Creative*

*Nonfiction: The Literature of Reality* [M]. New York: Harper Collins College Publishers, 1996.

[2] Paul Dawson. *Creative Writing and the New Humanities*[M]. New York: Routledge Press, 2005.

[3] Rob Pope. *Creativity: Theory, History, Practice*[M]. New York: Routledge Press, 2005.

[4] David Gershom Myers. *The Elephants Teach: Creative Writing Since 1880* [M]. Chicago: University of Chicago Press, 2006.

[5] David Morley. *The Cambridge Introduction to Creative Writing* [M]. Cambridge: Cambridge University Press, 2007.

[6] Dennis Baron. *A Better Pencil: Readers, Writers, and the Digital Revolution* [M]. New York: Oxford University Press, 2009.

[7] Scott Barry Kaufman, James C. Kaufman. *The Psychology of Creative Writing*[M]. Cambridge: Cambridge University Press, 2009.

[8] David Morley, Philip Neilsen. *The Cambridge Companion to Creative Writing* [M]. Cambridge and New York: Cambridge University Press, 2012.

[9] Jeri Kroll, Graeme Harper. *Research Methods in Creative Writing*[M]. Basingstdce: Palgrave Macmillan, 2012.

[10] Paul Perry. *Beyond the Workshop: Creative Wrting, Theory and Practice* [M]. London: Kingston University Press

Ltd., 2012.

[11] Anne Fogarty, Eilis Ni Dhuibhne, Eibhear Walshe. *Imagination in the Classroom: Teaching and Learning Crative Writing in Ireland*[M]. Dublin: Four Courts Press, 2013.

[12] Steven Earnshaw. *The Handbook of Creative Writing*[M]. Edinburgh: Edinburgh University Press, 2014.

## 外文论文

[1] David Gershom Myers. The Rise of Creative Writing[J]. *Journal of the History of Ideas*, 1993(2).

[2] Uwe Wolfradt, Jean E. Pretz. Individual Differences in Creativity: Personality, Story Writing, and Hobbies[J]. *European Journal of Personality*, 2001(4).

[3] Jeri Kroll. Creative Writing as Research and the Dilemma of Accreditation: How Do We Prove the Value of What We Do?[J]. *Text*, 2002(1).

[4] Daniel Meadows. Digital Storytelling: Research-Based Practice in New Media[J]. *Visual Communication*, 2003(2).

[5] Vicki Lindner. The Tale of Two Bethanies: Trauma in the Creative Writing Class[J]. *New Writing*, 2004(1).

[6] Peter Wise. Writing, Creativity and the World: Possibilities of Articulation[J]. *New Writing*, 2004(2).

[7] Amanda Boulter. Assessing the Criteria: An Argument for Creative Writing Theory[J]. *New Writing*, 2004(2).

[8] Graeme Harper. The Creative Writing Doctorate: Creative trial or Academic Error? [J]. *New Writing*, 2005(2).

[9] Graeme Harper. Responsive Critical Understanding: Towards a Creative Writing Treatise [J]. *New Writing*, 2006(1).

[10] Wendy Morgan. 'Poetry Makes Nothing Happen': Creative Writing and The English Classroom [J]. *English Teaching*, 2006(2).

[11] Deborah Fraser. The Creative Potential of Metaphorical Writing in the Literacy Classroom [J]. *English Teaching Practice & Critique*, 2006(2).

[12] Hal Blythe, Charlie Sweet. The Writing Community: A New Model for the Creative Writing Classroom [J]. *Pedagogy*, 2008(2).

[13] Hal Blythe, Charlie Sweet. The Writing Community: A New Model for the Creative Writing Classroom [J]. *Pedagogy: Critical Approaches to Teaching Literature*, 2008(2).

[14] Maria Antoniou, Jessica Moriarty. What Can Academic Writers Learn from Creative Writers? Developing Guidance and Support for Lecturers in Higher Education[J]. *Teaching in Higher Education*, 2008(2).

[15] David McVey. Why All Writing is Creative Writing [J]. *Innovations in Education and Teaching International*, 2008(3).

[16] Eva Vass, Karen Littleton, Dorothy Miell, et al. The Discourse of Collaborative Creative Writing: Peer

Collaboration as a Context for Mutual Inspiration [J]. *Thinking Skills and Creativity*, 2008(3).

[17] Dominique Hecq. Interactive Narrative Pedagogy as a Heuristic for Understanding Supervision in Practice-led Research[J]. *New Writing*, 2009(1).

[18] Abi Curtis. Rethinking the Unconscious in Creative Writing Pedagogy[J]. *New Writing*, 2009(2).

[19] Nigel McLoughlin N. Cellular Teaching: The Creation of a Flexible Curriculum Design and Mode of Delivery in Response to the Effects of Higher Education Policy on the Way we Teach Creative Writing[J]. *New Writing*, 2009(2).

[20] Fay Weldon F. On Assessing Creative Writing[J]. *New Writing*, 2009(3).

[21] David Kinloch. The Poet in the Art Gallery: Accounting for Ekphrasis[J]. *New Writing*, 2010(1).

[22] Graeme Harper. Creative Habitats and the Creative Domain [J]. *New Writing*, 2010(1).

[23] Cristine Sarrimo. Creative Writing as a Communicative Act-an Artistic Method[J]. *New Writing*, 2010(3).

[24] Graeme Harper. Several Faces of Creative Writing[J]. *New Writing*, 2010(3).

[25] Neil McCaw. Close Reading, Writing and Culture[J]. *New Writing*, 2011(1).

[26] Joseph M. Rein. Write What You Don't Know: Teaching Creative Research[J]. *New Writing*, 2011(2).

[27] Liam M. Bell. Form and Content: A Rationale for a Fractured Narrative[J]. *New Writing*, 2011(2).

[28] Donna M. Hancox, Vivienne Mutter. Excursions into New Territory: Fictocriticism and Undergraduate Writing[J]. *New Writing*, 2011(2).

[29] Mike Harris. 'Shakespeare Was More Creative When He Was Dead': Is Creativity Theory a Better Fit On Creative Writing Than Literary Theory? [J]. *New Writing*, 2011(2).

[30] David Fenza. The Centre Has Not Held: Creative Writing & Pluralism[J]. *New Writing*, 2011(3).

[31] Graeme Harper. Making Connections: Creative Writing in the 21st Century[J]. *New Writing*, 2011(3).

[32] Nancy A. Roth. A Note on 'The Gesture of Writing' by Vilém Flusser and The Gesture of Writing [J]. *New Writing*, 2012(1).

[33] Paul Hetherington. The Past Ahead: Understanding Memory in Contemporary Poetry[J]. *New Writing*, 2012(1).

[34] Graeme Harper. Creative Writing and the Making of the 3D University[J]. *New Writing*, 2012(1).

[35] Graeme Harper. The Creative Writing Doctorate Across the World[J]. *New Writing*, 2012(2).

[36] Baptiste Barbot, Mei Tan, Jud: Randi. Essential Skills for Creative Writing: Integrating Multiple Domain-Specific Perspectives[J]. *Thinking Skills and Creativity*, 2012(3).

[37] Stefanie Xing: Chong, Chien-Sing Lee. Developing a

Pedagogical-Technical Framework to Improve Creative Writing [J]. *Educational Technology Research and Development*, 2012(4).

[38] Paul J. Silvia, Roger E. Beaty R E. Making Creative Metaphors: The Importance of Fluid Intelligence for Creative Thought[J]. *Intelligence*, 2012(4).

[39] H. Mozaffari. An Analytical Rubric for Assessing Creativity in Creative Writing[J]. *Theory and Practice in Language Studies*, 2013(12).

[40] Baptiste Barbot, Judi Randi, Mei Tan, et al. From Perception to Creative Writing: A Multi-method Pilot Study of a Visual Literacy Instructional Approach[J]. *Learning & Individual Differences*, 2013(11).

[41] Scott Barry Kaufman, James C. Kaufman. The Psychology of Creative Writing[J]. *A Companion to Creative Writing*, 2013(4): 320-333.

[42] Vida L. Midgelow. Sensualities: Experiencing/Dancing/Writing[J]. *New Writing*, 2013(1).

[43] Sue Norton. Betwixt and Between: Creative Writing and Scholarly Expectations[J]. *New Writing*, 2013(1).

[44] Paul Williams. Creative Praxis as a Form of Academic Discourse[J]. *New Writing*, 2013(3).

[45] Adam Koehler. Digitizing Craft: Creative Writing Studies and New Media: A Proposal[J]. *College English*, 2013(4).

[46] Carolin Shah, Katharina Erhard, Hann. S-Josef Ortheil.

Neural Correlates of Creative Writing: An fMRI Study[J]. *Human Brain Mapping*, 2013(5).

[47] Laura Valeri. Rethinking Creative Writing in Higher Education: Programs and Practices That Work-Stephanie Vanderslice (2011)[J]. *Writing & Pedagogy*, 2014(1).

[48] Joanne Reardon Lloyd. Talking to the Dead — the Voice of the Victim in Crime Fiction[J]. *New Writing*, 2014(1).

[49] Tom Ue. Seven on Seven: A Conversation with the Writers of Orca Book Publishers' Series[J]. *New Writing*, 2014(3).

[50] S. Archer, S. Buxton, D. Sheffield. The Effect of Creative Psychological Interventions on Psychological Outcomes for Adult Cancer Patients: A Systematic Review of Randomised Controlled Trials[J]. *Psycho-Oncology*, 2015(1).

[51] Olivia Guntarik, Caroline van de Pol, Marsha Berry. Breaking with Taboo: Writing About Forbidden Things[J]. *New Writing*, 2015(1).

[52] Marcelle Freiman. The Art of Drafting and Revision: Extended Mind in Creative Writing[J]. *New Writing*, 2015(1).

[53] Darryl Whetter. You Say You Want a Well-paid Revolution: On Chad Harbach's MFA vs NYC: The Two Cultures of American Fiction[J]. *New Writing*, 2015(1).

[54] Francesca Rendle-Short. How the How: The Question of Form in Writing Creative Scholarly Works[J]. *New Writing*, 2015(1).

[55] Craig Jordan-Baker. The Philosophy of Creative Writing

[J]. *New Writing*, 2015(2).

[56] Dan Disney. Phantasmagoric Elegies? A Late Guide to Wandering[J]. *New Writing*, 2015(2).

[57] Alzoubi Ahmad M, Al Qudah Mohammad F, Albursan Ismael Salamed, et al. The Effect of Creative Thinking Education in Enhancing Creative Self-Efficacy and Cognitive Motivation [J]. *Journal of Educational and Developmental Psychology*, 2016(1).

[58] Eugen Bacon. Creative Practice-Finding the Right Mentor [J]. *New Writing*, 2016(1).

[59] Eugen Bacon. Push — a Prototype of Displaced Fiction: Breaking the Circle of Silence (YA Literature)[J]. *New Writing*, 2016(1).

[60] Stayci Taylor, Craig Batty. Script Development and the Hidden Practices of Screenwriting: Perspectives from Industry Professionals[J]. *New Writing*, 2016(2).

# 后　记

　　2010年,我进入上海大学跟随葛红兵先生攻读硕士学位。那年,正值上海大学创意写作研究中心刚刚成立。一入学,葛先生便把"创意激发研究"这个课题交给我,他一直强调,这是创意写作学科的基础理论。刚接到这个课题的时候,对于这个玄之又玄的课题,我的内心是忐忑的。我还是愿意做点"实在"的研究,比如类型写作研究、具体文本研究,而"创意"对于我来说实在有些缥缈。

　　攻读硕士学位的时候,我漫无边际地看了很多杂书,也走了一些弯路。在硕士研究生毕业之际,我也只是大体整理完了"文艺心理学"的一些资料,对心理学、管理学等资料的研读还不够深入。我还读了一些不能自证的"心灵学"的读物,在今天看来,如"右脑革命""吸引力法则""第六感""超感知觉"等,这些概念及其背后的观点,还是不能盲信,要慎重接受才行。当时我的同门中也有很多人怀疑我的这个课题,见了我会对我说:"你给我'潜能激发'一下,感觉自己创意不够用。"我就会苦笑着说:"我要掌握了秘诀,先给自己激发一下!"硕士毕业论文《作者潜能激发研究》也只是粗浅地提出了动机、灵性、心境这些概念,动机研究当然算不得新颖。

　　葛老师不弃,让我继续攻读博士学位,在读期间,我已经能够深入研究更多的心理学文献。经过几年的摸索,我发现"创意"似乎没有一开始我认为的那么缥缈了,我们只是人为赋予了它过多的"神性",而"人力"可为的创意,其实大有空间。"文曲星下凡""缪斯加持",这些不过是对创意能力的一种浪漫化表达。

创意需要深厚的知识积累,任何思维的养成都是在具备相当知识积累的基础上形成的,有识才能转识成智。没有知识积累,仅仅掌握简单的"创意思维方法"是远远不够的,是无本之木。创意应该还包括意志因素,很多创意的实现都是夜以继日艰苦探索得来的,一件作品到了面世的最后关节,往往需要作者坚忍的意志。这些都是公开的秘密,也是创意的不二法门,倘若有文曲星和缪斯的话,也只会把灵感和迷狂奖励给这些人。但是愿意勤学奋进、时时磨砺意志的人,又有多少呢?

本书是在我的博士毕业论文《创意写作的创意理论与方法研究》的基础上改进而来的,此项研究对于创意祛魅、揭示创意的普遍规律,只是做了一些入门性的工作。认识创意的本质,对于我们鉴别创意有非常大的帮助,反过来也能帮助我们规划写作选题的方向。认识创意的源泉,可以更好理解我们自身的价值,很多创意都是内源性的。认识创意的过程,可以帮助我们协调灵感与赋形、感受与理性、原发过程与继发过程。认识创意的障碍,可以帮助我们破除写作的心理关卡。创意有技术障碍和心理障碍,心理障碍的影响要更大一些。创意的动机是写作的不竭动力,动机也有内倾性动机和外倾性动机,这是可以培养和激发的。认识创意思维的特征及其与普通思维的不同之处,借助一些创意思维方法,可以实现一定意义上的创新。关于创意与灵性的探讨是为了更好地理解创意的本源,冥想和内观的方法能够帮助我们联结这种源泉。在以上认识的基础上,我基本上架构了创意研究的体系,最终形成了本书的论证结构。

我希望日后能进一步探索不同国家和不同领域的"创意研究"情况,将其纳入"创意写作"范畴,以期进一步提升本项研究,也希望更多朋友能够加入这个课题中来,共同推进这项研究。

一晃十年已过,若不是写这个后记,我还没意识到这个课题都做了十年了,这本书权且作为一个阶段性的交代,于我有欣慰也有缺憾,希望诸位师友、同人不吝赐教,让我能够查漏补缺,在未来的研究中有所进益。感谢葛红兵先生多年的悉心指导,感谢许道军先生将本书纳入"上海大学创意写作丛书"(第二辑)中。在成书过程中,还得到了高尔雅、周语、高翔等人的帮助,在此一并表示感谢。

雷 勇<br>2020 年 12 月 6 日<br>西北大学